D1942098

A

Weihnachtsmarktzauber

Geschichten zum Punsch

Ausgewählt von
Aleksia Sidney

Atlantik

Atlantik Bücher erscheinen im
Hoffmann und Campe Verlag, Hamburg

1. Auflage 2014
Copyright © 2014
by Hoffmann und Campe Verlag, Hamburg
www.hoca.de www.atlantik-verlag.de
Einbandgestaltung: Katja Maasböl, Hamburg
Satz: pagina GmbH, Tübingen
Gesetzt aus der ITC Legacy
Druck und Bindung: GGP Media GmbH, Pößneck
Printed in Germany
ISBN 978-3-455-37014-0

HOFFMANN
UND CAMPE

Ein Unternehmen der
GANSKE VERLAGSGRUPPE

Heute

Anno dazumal

Heute

Asta Scheib

Advent am Marienplatz

Von der Theatinerstraße kommend, ging Christiane in eine der Budenstraßen hinein, die in der Weihnachtszeit den Marienplatz in einen von Menschen wimmelnden, nach Glühwein und Bratwurst duftenden Weihnachtsmarkt verwandelten. Im Winter, wenn das eigentümliche Nachmittagslicht den Platz zum Glühen brachte, fühlte Christiane sich oftmals zurückversetzt ins Mittelalter, wie sie es auf Bildern und in Büchern immer wieder angeschaut hatte. Es war, als bewegte sie sich in einer Burganlage, wo alles eng beieinanderstand: das alte und das neue Rathaus, die aus dem Dunst aufragende vertraute Kirche mit den Spitzen wie Bratäpfel. Das hatte Christianes Klavierlehrer immer gesagt, und Christiane fand, dass da etwas dran war. Sie dachte an das alte Ritterspiel, das ihr Bruder Max einmal zu Weihnachten bekommen hatte, eine Burg mit gewaltigen Türmen und einem richtigen Glockenspiel, das daumengroße Burgfräuleins tanzen und Ritter mit schimmernden Lanzen im Kreis herumreiten ließ. Christiane war fasziniert gewesen, als Max den großen Karton auspackte. Sie hatte ihrem Bruder geholfen, die Figuren auszuwickeln, die historischen Gebäude mit dem liebevoll gestalteten Mobiliar auszustatten. Christiane hatte sich immer gemahnt, Max nicht zu dominieren, doch es zeigte sich rasch, dass ihm diese aufwendig gearbeitete Burganlage von Herzen gleichgültig war. Ohne besondere Absprache ging sie in Christianes Besitz über, die sich immer vergeblich eine Ritterburg gewünscht hatte. Sie war ihr Lieblingsspielzeug. Bei ihr rückten die Ritter mindestens einmal die Woche in den Krieg aus und ließen weinende Burgfräulein zurück.

Wie lange war das schon her! Jetzt gehörte die Burg zu den vielen Weihnachtserinnerungen ihrer Kindheit, wie heruntergebrannte Kerzen oder Asche aus dem erloschenen Kaminfeuer.

Christiane war fünfundzwanzig, und sie sah keinem Kinderweihnachten entgegen, sondern bereitete das Fest vor für ihre Eltern, für die Großmutter, für ihren Bruder Max und für Antonio, ihren Freund. Außerdem feierte Christiane am Heiligabend ihren Geburtstag, und Antonio hatte vorgeschlagen, an diesem Tag zu heiraten. Das war Christiane entschieden zu früh gewesen. Schließlich kannte sie Antonio erst knapp ein Jahr, doch ihre Eltern hatten seinen

Plan unterstützt, zum großen Erstaunen Christianes. Nur die Großmutter sagte in ihrer ruhigen, sachlichen Art, dass sie sich Zeit nehmen solle. »Überleg es dir gut, Kind«, hatte sie gesagt, »das Leben kann ziemlich lang sein.«

Seit jenem Tag hatte sie in sich zunehmend Widerstände gegen eine Heirat an Weihnachten gespürt; wenn sie einmal heiraten würde, dann gewiss nicht an diesem Tag. Sie hätte nicht sagen können, wann das losgegangen war mit ihrer Abwehr gegen all die Weihnachtsschönheit um sie herum, die sie zwar optisch durchaus als hübsch empfand, aber auch als unecht, verlogen. Kein einziger Engel kam jemals vom Himmel, und die Heilige Familie in Bethlehem war genauso ein schöner Traum wie die Weisen aus dem Morgenland. Doch Christiane machte mit, feierte mit ihrer Familie das Weihnachtsfest als eine Tradition, die besonders ihrer Mutter, dem Vater und der Großmutter viel bedeutete, doch für die Tränen der Ergriffenheit in der Christmette oder unter dem mit kostbarem altem Schmuck behängten Tannenbaum hatte sie keinerlei Verständnis. Sie fand es ziemlich komisch, wie ihre Mutter mit den Augen zwinkerte, damit die herablaufenden Tränen ihr Make-up nicht zerstörten.

Vater räusperte sich dauernd, weil er an die Erlösung durch das Kind in der Krippe auch nicht so recht glauben konnte, andererseits aber mit seinem Delikatessengeschäft um die Weihnachtszeit den größten Umsatz des Jahres machte.

Einzig der Großmutter nahm Christiane ab, dass ihre Gefühle echt waren, wenn sie die alten Lieder sang und darauf bestand, in die Christmette zu gehen. Sie betete vor jeder Mahlzeit um Gottes Segen und meinte das auch so, und sie gab ohne Aufhebens viel Geld für die Armen. Sie übertreibe es damit, meinte oftmals ihr Sohn, doch die Großmutter beschied ihn sachlich und bestimmt, dass für ihn genug bleibe. Früher hatte die Großmutter Christiane und Max oft in den Dom zu Unserer Lieben Frau mitgenommen, wo beide getauft worden waren, doch als sie spürte, dass die Kinder nur noch ihr zuliebe mitgingen und besonders Max seine Langeweile nicht verbergen konnte, verzichtete sie auf ihre Begleitung. Außer bei der Christmette!

Christiane glaubte nicht an das Fest der Liebe. Schon lange nicht mehr. Das konnte doch nicht wahr sein, dass sich einmal im Jahr alle an der Geschichte von der göttlichen Liebe freuten, an dem Kind in der Krippe, für das sie sich sonst überhaupt nicht interessierten. Es war Christiane immer wieder gegenwärtig, wie verlegen ihre Eltern am Heiligen Abend und am ersten Weihnachtstag waren. Sie hätten endlich einmal Gelegenheit gehabt, mit ihren Kindern zu spielen. Das Geschäft war geschlossen, doch sie wussten nicht, was sie mit Christiane und Max anfangen sollten. Die Mutter zelebrierte immer aufwendigere Mahlzeiten in immer aufwendigeren Dekorationen, als wollte sie damit die Zeit ausfüllen. Christiane und ihrem Bruder war das Brimborium lästig. Vater schenkte bedürftigen Leuten Präsentkörbe aus seinem Delikatessengeschäft, weil seine Mutter darauf bestand. Christiane und Max mussten ihn begleiten, auch darauf bestand die Großmutter. Sie sollten sehen, in welch armseligen Verhältnissen viele Menschen lebten. Christiane sah manchmal Tränen in den Augen der Beschenkten, aber auch eine gewisse Scham, die sie verlegen machte. Ihr Vater war am Ende gerührt über seine eigene Großzügigkeit. Christiane fand ihn sentimental, und sie fühlte einen schalen Geschmack im Mund. Die gesamte Familie war erleichtert, jeder auf seine Weise, wenn am zweiten Feiertag der Zwang zu großen Gefühlen wie der Liebe zu Gott und dem Nächsten schon etwas nachließ.

Der Geruch nach Punsch stieg Christiane in die Nase. Der Punsch war Realität, und meistens schmeckte er sogar. Sie kaufte einen Becher und kämpfte sich aus dem Pulk von Menschen hinter die tannengeschmückte Bude, wo sie mit ihrem hochgefüllten Becher vielleicht nicht so oft angestoßen würde.

Ein junger Mann stand dort und blies geduldig oder etwas abwesend den Dampf von seinem Punsch. Zwei große Hunde saßen neben ihm und schauten ihm aufmerksam zu.

»Jessas«, entfuhr es Christiane, »Sie haben aber zwei Riesenviecher!« Sie verstummte, fand ihre Bemerkung überflüssig und wollte sich wegdrehen, da sah sie die dunklen Augen des jungen Mannes überrascht auf sich gerichtet, und er erwiderte freundlich, dass die Hunde aus dem Tierheim stammten. »Sie sind im Moment die Einzigen, die jeden Tag sehnlichst auf mich warten.« Der Junge schien ruhig, doch seine Augen waren verschattet. Christiane sah einen Kopf mit klarem Profil, dichtes dunkles Haar, das kurz geschnitten war. Er trug derbe Schuhe und eine fellgefütterte Jacke zu klassischen Jeans. Er sieht überhaupt nicht bedauernswert aus, dachte Christiane, und doch hatte sie das Gefühl, ihn trösten zu müssen, so als wäre er traurig und sie dafür verantwortlich. Doch, natürlich war er traurig, warum sonst kümmerte er sich um verlassene Hunde?

Stumm nippten beide an ihrem Punsch. Menschen schoben sich an ihnen vorbei. Vor Kälte heulende und um dies und jenes quengelnde Kinder. Väter und Mütter, die das Gequengel ignorierten, weil man es auf dem Weihnachtsmarkt schön zu finden hatte. Das gehörte sich so. Basta. Christiane spürte trotz des heißen Glühweins, dass sie fror, und plötzlich hörte sie sich zu dem Jungen sagen, sie wüsste gern, warum er traurig sei – und auch diesmal hätte sie sich am liebsten auf die Zunge gebissen. Was ging es sie an? Sie sollte schon längst im Franziskaner sein, um mit ihrer Familie und Antonio zu vespern.

Der junge Mann schien gar nicht überrascht. Er erklärte Christiane ruhig, dass er vor einem Jahr den Arbeitsplatz verloren habe, als seine Firma in Konkurs ging. Seitdem habe er jeden Tag mindestens fünf Bewerbungen abgeschickt und jeden Tag fünf zurückbekommen. Er habe zwei Diplome und könne immer noch nicht glauben, dass es im Arbeitsleben für ihn keinen Platz mehr gebe. Aber offenbar sei das so. Tausenden ginge es wie ihm, seine Probleme seien banal, trotzdem könne er sich nicht mit der Rohheit und Rücksichtslosigkeit abfinden, mit der Menschen aus ihrer Existenz herausgekippt würden.

»Es gab nicht mal einen Sozialplan. ›Ich wünsche Ihnen Gottes reichen Segen‹, hat mir der Chef in seinem Abschiedsbrief geschrieben. Er hat seine Millionen in Sicherheit. Und jeder sieht das und weiß das, jeder findet das traurig, man schiebt es auf die Globalisierung, auf politische und ökonomische Entwicklungen, für die keiner was kann – und morgen feiern alle Weihnachten, lassen die ganz großen Gefühle raus!«

Der Junge goss den Rest aus seinem Becher in die Tannenzweige, die Hunde schüttelten sich erwartungsvoll, und er griff die Leinen und wandte sich zum Gehen. »Entschuldigen Sie, ich labere Sie hier zu«, sagte er und sah Christiane leicht verlegen an. Sie stellte ebenfalls ihren Becher ab, und der Junge fragte höflich, ob er sie ein Stück begleiten solle. Christiane nickte, und er ging mit den Hunden neben ihr her, machte ihr Platz im Gedränge und sah sie so ruhig und freundlich an, dass Christiane schlucken musste. Es war etwas in seinen Augen, in seinem Gesicht, das sie anzog, das nur für sie bestimmt schien.

Christiane hörte mit einem Mal die Blasmusik, sie spürte die kalte Luft in ihrem Gesicht und sah den Marienplatz in einem unwirklichen, verzaubernden Licht; es war ihr, als müsste sie sich neu orientieren. Eine leise, fieberhafte Erregung stieg in ihr auf, fast teilte sich das Zittern ihren Händen mit, und Christiane atmete tief durch und genoss die starke Anziehungskraft, die von dem gutaussehenden Jungen ausging.

Sie waren vor dem Franziskaner angekommen, und als Christiane sich verabschiedete, sagte sie ihm ihren Namen, zeigte ihm sogar das Haus ihrer Familie, das in der Nähe lag. Auch er nannte ihr seinen Namen, Hinrich, nein, nicht Heinrich, er könne nichts dafür. Einer der Hunde hob tatsächlich seine beträchtliche Pfote, und Christiane tätschelte den breiten, aber schönen Kopf.

Dann ging sie in das Restaurant, wo jeder Ober sie kannte. Man nahm ihr den Mantel ab und hängte ihn auf. Christiane sah ihre Familie an dem Sechsertisch sitzen und dachte daran, wie rasch Antonio sich in ihre Familie integriert hatte. Er war Betriebswirt, hatte sich schon nach wenigen Monaten seiner Beziehung zu Christiane in die Leitung des Delikatessenladens eingeklinkt, war Assistent des Vaters geworden. Christiane wusste oft nicht, ob ihm das väterliche Geschäft wichtiger war als sie. Das hatte sie jedoch nie wirklich gestört. Sie war froh, dass ihr Vater Unterstützung bekam, denn Max, der vorgesehene Erbe, hatte Musik studiert, war Dirigent geworden und arbeitete mit einigen Musikchören auf dem Land. Christiane sah ihn mit seiner jungen Frau neben Antonio sitzen. Er musste sich offenbar Antonios Pläne für die Erweiterung des Geschäfts anhören, denn sein Gesicht hatte den Ausdruck höflicher Langeweile, den Christiane so gut an Max kannte. Die Eltern jedoch hörten Antonio zu, sie schienen begeistert, auch Großmutter nickte manchmal zustimmend. Eigentlich gehörte der ganze Laden noch ihr, doch sie hielt sich raus, wollte aber informiert bleiben.

Christiane sah ihre Angehörigen um den Tisch sitzen. Sie wollten nichts wissen von der Unbarmherzigkeit des Lebens, nichts vom verschämten Elend vieler Arbeitsloser, von Terror und Brutalität der Kriege, die geführt wurden. Natürlich waren sie nicht schuld an dem Bösen und Traurigen dieser Welt, aber sie waren darin zufrieden, hofften, erwarteten, dass sie unbehelligt blieben. Für immer und ewig.

Rasch nahm Christiane ihren Mantel vom Haken. Wenn sie sich beeilte, würde sie Hinrich noch einholen.

Sarah Kirsch

Punschverkäuferinnen

Ein kalter eisglitzerner Abend und
Hundert Krähen und Dohlen
Über den Himmel geblasen der
Lichtergeschmückten Kleinstadt
Von deren angestrahltem Kirchturm
Choräle ausgesandt werden.

Der Schnee sinkt zitternd aus den
Tiefen aufgerissenen Wolken
Eiswind küsst die Laternen die scheuen
Jungfrauen darunter erstmals geschminkte
Schulmädchen die sichs
Weihnachtsgeld fröhlich verdienen.

Die letzten Karusselle fliegen man trinkt
Glühpunsch an jeder Ecke. Dunkelblau
Geht dann die Nacht auf. Es streben
Eilige Schritte über den Marktplatz
Und schiefgetretene Schuhe bevor die
Lichter verlöschen hierhin und dorthin.

Horst Evers

Die schönsten Weihnachtsmärkte der Welt (Folge 26): Der Christkindlesmarkt in Nürnberg

Auf dem Christkindlesmarkt in Nürnberg, dem wohl größten Weihnachtsmarkt der Welt, beobachte ich eine Gruppe norddeutscher Senioren, die sich vor einem der vielen Glühweinstände aufgebaut haben und spontan ein Konzert geben. Sie singen Weihnachtslieder und haben schon richtig viel Publikum angelockt. Das liegt zum einen an ihrer Lautstärke. Eigentlich brüllen sie die Weihnachtslieder mehr, als dass sie sie singen. Außerdem weichen ihre Versionen auch textmäßig ein wenig von den Originalen ab. Gerade singen sie: »Alle Jahre wieder / kommt der Bauersmann / auf die Bäurin nieder, / strengt sich tüchtig an.«

Wuchtig und fröhlich intonieren sie diese Zeilen. Besonders Kinder bleiben stehen und hören begeistert zu. Die Eltern hingegen versuchen, sie irgendwie weiterzuziehen, oder halten ihnen die Ohren zu. Nützt aber nicht viel. Die neun sturzbetrunkenen norddeutschen Senioren, die ich allesamt auf siebzig Jahre plus x schätze, singen aus voller Brust. Männer wie Frauen. Und sie können erstaunlich viele Strophen: »Mägde und auch Küüüühe / allehe kommen dran, / gibt sich ord'ntlich Müüüühe, / der bravehe Bauersmann.«

Gelernt ist gelernt, denk ich mal. Ein mittelalter Mann, wahrscheinlich der Reiseleiter, versucht verzweifelt, die Gruppe in Richtung Busparkplatz zu schieben. Aber die Senioren erweisen sich als genauso stand- wie trinkfest. Beflügelt von dem großen Publikum und gelegentlichem Szenenapplaus, sind sie offenbar fest entschlossen, den Rest ihres Lebens mit dem Singen schlüpfriger Weihnachtslieder auf dem Nürnberger Christkindlesmarkt zu verbringen.

Dann stimmt der Dickste von ihnen ein Solo an: »Mein Tannenbaum, mein Tannenbaum, / lalalalalalala, / du stehst nicht nuuuur zur Sommerzeit ...« und so weiter und so fort. Also zumindest ungefähr. Ganz genau ist der Text nicht zu verstehen, da sich seine Stimme vor freudiger Erregung immer wieder überschlägt. Zudem unterbrechen ihn die Seniorenfrauen ständig, brüllen lachend Sätze wie: »Glauben Sie dem Angeber kein Wort, von wegen Tannenbaum, richtig müsste der eigentlich singen: ›Mein Stachelbeerstrauch, mein Stachelbeerstrauch, / man sieht ihn kaum noch unterm Bauch.‹« Dann biegen sie sich alle vor Lachen.

Neben den Kindern sind vor allem ausländische Touristengruppen ganz aus dem Häuschen wegen der singenden Senioren. Eine größere Gruppe Koreaner filmt und fotografiert sich quasi die Linsen wund. Wahrscheinlich sind sie auf einer Ganz-Europa-in-vierzehn-Tagen-Reise. Sorgsam zusammengestellt. In jedem Land nur der absolute Höhepunkt, der exemplarisch für die Kultur eines ganzen Volkes steht. In Spanien die weltberühmte Architektur der Sagrada Familia. In Italien die Kunstschätze des Vatikans, die Sixtinische Kapelle. In Frankreich das romantische Licht des Montmartre mit Sacré Cœur. In England die royale Anmut des Buckingham Palace. Und stellvertretend für Deutschland: sturzbetrunkene Senioren, die auf dem Christkindlesmarkt versaute Weihnachtslieder grölen. Jedes Volk ist anders. Wahrscheinlich werden dann all die lieben Verwandten und Bekannten, denen sie in Korea ihr Reisevideo zeigen, bei ihrer eigenen geplanten Europareise die gesamten vierzehn Tage in Deutschland verbringen wollen.

Zwei, drei Lieder später erscheint jedoch plötzlich die Polizei und macht dem Konzert ein Ende. Mitten in »Schwings Röckchen, schwingelingeling, / schwings Röckchen schwing. / Ist so kalt der Winter,/ reib mir mal den Hintern« ist unweigerlich Schluss. Es gibt noch einen riesigen Applaus von den Koreanern, Russen, Amerikanern und den anderen Christkindlesmarktbesuchern, dann aber heißt es wirklich Feierabend für den Weihnachtschor.

Als ich kurz darauf sehe, wie die Polizisten offensichtlich die Personalien der Sänger aufnehmen wollen, beschließe ich, mich für die norddeutschen Senioren einzusetzen. Aber nachdem ich mich zu ihnen und den mit gezücktem Block und Stift dastehenden Beamten bewegt habe, höre ich nur einen der fränkischen Ordnungshüter sagen: »Entschuldigung, aber für unsere Weihnachtsfeier vom Revier, könnten Sie mir noch mal den Text von diesem ›Alle Jahre wieder‹ mit dem Bauersmann diktieren?«

Ich hab's dann auch gleich mitgeschrieben.

Jan Weiler

Ein Fest ohne Baum- und Bratenspitze

Die sogenannte Bratenspitze ist hierzulande ein inzwischen recht bekanntes Phänomen. Das Wort bezeichnet den erhöhten Stromverbrauch in deutschen Haushalten am Mittag des ersten Weihnachtstages, wenn überall die Backöfen auf Volllast laufen. Das können die Energieversorger auf ihren Kontroll-Monitoren genau sehen, und irgendwann hat sich bei ihnen für diesen Tag mit dem allerhöchsten Stromverbrauch im Jahr der Begriff »Bratenspitze« gebildet.

Sicher gibt es auch einen Mehlgipfel. Der Mehlverbrauch in deutschen Küchen steigt nämlich ab Anfang Dezember dramatisch an. Die Mühlen mahlen ächzend und knirschend rund um die Uhr. Unten fällt Tüte um Tüte Wiener Grießler heraus und wird von weiß bemäntelten Mehlfahrern in die Supermärkte gebracht, wo Hausfrauen vor Lust bebend warten, um ihnen den weißen Stoff palettenweise aus den staubigen Fingern zu reißen. Der Mehlboom erreicht Mitte des Monats seinen Höhepunkt, denn dann backen manche Mütter die erste, andere aber bereits die zweite Fuhre Plätzchen, es werden dann Tonnen um Tonnen Weihnachtsgebäck hergestellt.

Unser ganzes Land befindet sich in einer sektenähnlichen Trance: dem Backwahn. Auch meine Kinder, meine Frau und sogar mein Schwiegervater sind davon betroffen. Sie backen Blech um Blech, lecken Rührbesen, fetten ein, glasieren, bestäuben und naschen. Das ist schön, aber sehr ungesund, wie ich mahnte.

Ich mahnte natürlich nur zum Schein und Spaß, denn ich leide seit Jahren an einer fiebrigen und saisonbedingten Krankheit: der Toblerone. Unter diesem Begriff subsumiert sich die Naschlust auf alles Süße, das sich mir zwischen Ende November und Anfang Januar ungeschickt in den Weg stellt. Die Toblerone ergreift in der Weihnachtszeit wirkungsmächtig von mir Besitz.

Gerade deshalb war der Effekt gewaltig, als ich vorschlug, statt der blöden Plätzchen jeden Abend bis Neujahr einen Rohkostteller zu knabbern. Das sei gesund, auch knusprig, schön bunt und mal was anderes. Ich kam mir vor, als sei ich der Schurke, der den Saloon betritt. Die Musik geht aus, der Klavierspieler klappt den Deckel zu, die Cowboys lassen die Karten sinken, der Barkeeper nimmt vorsichtshalber die Flaschen aus dem Regal.

Mein Sohn glotzte mich entrückt an: »Papa, du bist verrückt.« Meine Tochter sagte: »Mama, sag was.« Aber ihre Mama reagierte nicht und zog Eischnee unter geschmolzene Kuvertüre, eine Tätigkeit, die bei ihr immer sehr erotisch aussieht. Antonio kaute auf einer Kokosmakrone herum, was ich deshalb weiß, weil er bei seinem Kommentar dünne Kokosflöckchen versprühte: »Che pazzo!«

»Wir essen Gemüse, trinken Tee und verpacken dieses Jahr die Geschenke nicht«, rief ich heiter. »Am besten verzichten wir gleich ganz auf die Geschenke. Wir knuspern an unserem Stangensellerie, und jeder erzählt, was er an diesem Jahr besonders schön fand. Und dann gehen wir einfach mal früh ins Bett.« Schweigen. »Wir machen Schluss mit dem Kommerzscheiß, wir lassen uns das Fest nicht vom Konsumdruck der Industrie verderben.« Ich ahnte, dass ich zu weit ging, aber es machte Spaß.

»Der Einzige, der uns hier gerade Weihnachten verdirbt, bist ja wohl du«, sagte Carla. Aus ihren Augen blitzten Kampfesmut und die Befürchtung, dass ihr mühsam angefertigter Wunschzettel womöglich reine Makulatur war.

»Sara, was meinst du?«, fragte ich leutselig. »Dann brauchen wir keine Tanne zu ermorden, und die Schmückerei lassen wir auch.«

Das gefiel unserem Sohn gar nicht, denn er hatte

gerade eine monströse Christbaumspitze in der Schule hergestellt. Sie ist aus Pappe, und man benötigt einen sieben Meter hohen Baum, um die Proportionen zu wahren.

Sara hingegen gab sich begeistert. »Ich finde, das ist eine ganz ausgezeichnete Idee. Genau so machen wir das. Ich bin ehrlich gesagt froh, dass ich am ersten Weihnachtstag nicht diesen Stress mit der Kocherei habe.« Sie lächelte mich an, was mich irritierte.

Ich ging also ins Wohnzimmer, um darüber nachzudenken, ob es nicht doch Ausnahmen geben musste. Immerhin bewahrte ich für den ersten Weihnachtstag eine Flasche Rotwein auf, die man nur an besonderen Tagen öffnet. Wenn nun Weihnachten kein besonderer Tag würde, wäre es konsequenterweise auch Essig mit dem Saint Émilion. Die aus reiner Freude an der Provokation geborene Idee gefiel mir plötzlich selbst nicht mehr. Also ging ich zurück, um den Spuk zu beenden. Ich betrat die Küche mit erhobenen Armen und wollte gerade »April, April« rufen, als ich hörte, wie Sara leise zu den Kindern sagte: »Jetzt lasst ihm halt seinen Willen. Das hält der sowieso nicht durch.«

So sind Frauen im sechzehnten Ehejahr. Nun saß ich in der Falle. Wenn ich vor Sara, Carla und Nick zugab, all diese Vorschläge gar nicht ernst gemeint zu haben, stand ich als konsumsüchtiger Trottel da, der es eben nicht ohne Gebäck und Geschenketerror aushält. Und wenn ich meine Verweigerungshaltung knallhart durchzog, würde ich fortan bei meinen Kindern ungefähr den Rang des grünen Grinch einnehmen, der allen das Weihnachtsfest vermiest und isoliert in einer Höhle auf dem Berg wohnen muss. Was tun?

Nach einiger Grübelei entwarf ich einen Plan. Wie es wohl wäre, wenn ich mit Frau und Kindern auf den Weihnachtsmarkt ginge? Dort könnte meine Begeisterung für das ganze Fest wie zufällig neu entflammen. Danach könnte ich sagen: »Ach Kinder, war das schön. Herrlich. Ich glaube, wir sollten doch wie immer feiern. Dieser feine Besuch des Weihnachtsmarktes hat mich davon überzeugt, dass ich falschlag. Wir werden Plätzchen backen, wir werden in Geschenkpapier wühlen wie Dagobert Duck im Zaster, wir werden eine Gans essen, und auch der Baum ist schon so gut wie geschmückt.« Ich musste diese Läuterung nur überzeugend klingen lassen, und schon war ich unbeschädigt aus der Nummer wieder raus. Vom Saulus zum Paulus und wieder zurück in nur sieben Tagen. Das soll mir mal einer nachmachen.

Auf dem Weihnachtsmarkt drängte ich zunächst zum Crêpes-Stand, was natürlich ein Fehler war, wenn auch ein absichtlicher. Diese Weihnachtsbuden-

Crêpes sind nämlich meistens scheußlich. Ich glaube, das liegt am Teig. Man benötigt für anständige Crêpes Eier, Milch, Mehl und Butter. Auf den Weihnachtsmärkten wird vielfach die Butter durch Sonnenblumenöl ersetzt, die Milch durch Wasser und die Eier durch kriminelle Energie. Die Mehlwasserpampe wird zudem nicht lang genug gebacken, und schließlich bekommt man etwas auf die Pappschale geklatscht, das aussieht wie eine vom Laster überfahrene Nordseequalle. Nicht einmal Nick schmeckte es, und das bedeutet in diesem Zusammenhang eine Menge. Er war entsetzt, aber ich gab mich plangerecht begeistert.

Dann drückten wir uns zwischen den Buden entlang, zwischen Erzgebirgsschnitzereien, Glasmännlein und Honigwachskerzen, die man nicht essen kann, was Nick maßlos enttäuschte. Aus Lautsprechern eierte schauderhafte Musik, und an den Schuhsohlen klebte mit Ketchup und Waffelresten durchwirkter grauer Schneematsch. Aber ich jauchzte wie ein schwäbischer Blasengel.

Meine Kinder zeigten sich zunehmend genervt von dem ganzen Betrieb und der Tatsache, dass das Warenangebot des Weihnachtsmarktes kaum Überschneidungen zu ihren Wunschzetteln aufwies. Carla und Nick machen sich nun einmal wenig aus zusammengelöteten Clowns, Hüttensocken und Brennnesseltee. Sie begannen zu murren. Ich diente ihnen Lodenmützlein, Nussknacker und fränkische Wurstspezialitäten an, aber sie lehnten ab.

Nachdem wir gut zwanzig Minuten am Glühweinstand neben einer angeheiterten Busbesatzung aus Altötting verbracht hatten, wollten die Kinder nach Hause. Ich sagte mein Sprüchlein auf und schmetterte, dass dieser Weihnachtsmarkt mir endlich die Augen geöffnet habe. Ja, Weihnachten sei toll, und wir müssten es unbedingt wie immer feiern und so weiter. Carla murmelte etwas von »Scheißkommerz« und dass dieser ganze Stress nicht auszuhalten sei. Aber ich sprach ein Machtwort.

Wir machen jetzt alles wie immer. Mit Gebäck und Baum und Bescherung. Auch wenn ich der Einzige bin, der dazu noch Lust hat. Basta.

Jan Weiler

Ein Gedicht

Frohe Weihnacht überall
Geschenkekauf in Überschall
Honigduft und Nussgeknacke
Wunschgezettel, Keksgebacke

Zitronat und Mandelkern
Stoßgebete an den Herrn
Mit Bitte um der Wünsche Prüfung
Nebst Revision und Annullierung

Von unten (Prien) bis rauf nach Kiel
Wird einem das schon jetzt zu viel
Und wo man hinkommt: Weihnachtsmarkt
Mit Crêpes und Glühwein zugeparkt

Egal! Da muss man hin, da kommt man her
Am Rande wacht die Feuerwehr
Inmitten steht die große Tanne
Im Nebel von der Gyrospfanne

Der Vater sagt gleich: »Prinzipiell
Geb ich kein Geld für'n Ziegenfell
Für Duftkerz auch nicht, ganz bestimmt
Erst recht nicht für die Sorte Zimt

Das Kunsthandwerk ist mir egal
Wie Fußballer aus Portugal
Mir ist hier alles völlig wurst
Im Übrigen habe ich Durst.«

Doch Glühwein gibt es jetzt noch nicht
Man verschafft sich erst mal Übersicht
Fünfzig Buden haben sie hier
In einer gibt's Geschenkpapier

Damit man alles, was man rafft
Gleich verpackt nach Hause schafft
Das ist klug sowie pragmatisch
Und irgendwie auch demokratisch

Denn ist erst mal blickdicht verpackt
Das hier gekaufte Artefakt
vergisst man auch kurzerhand
Was man da mit wem verband

Die Begehung dauert lange
Endlos ist die Crêpe-Schlange

Vater untersagt den Kauf von Tand
Dann geht's endlich zum Glühweinstand

Dort muss man saufen, lachen, johlen
Und einen nach dem andren holen
Die Kinder stehen konsterniert
Vorm Vater, der gar nicht mehr friert

Der dritte Glühwein kühlt das Mütchen
Und Vater schubst ein fremdes Hütchen
Der Dame vor ihm von dem Köpfchen
Ihr Mann ist gerade auf dem Töpfchen

Er kommt aber wieder und macht Stunk
Darauf spendiert man einen Trunk
Der fünfte steht nun auf dem Tisch
Dazu der Tochter Bratenfisch

Laut dringt das Liedgut aus den Boxen
Da muss der Vater plötzlich kurz in die Kneipe
gegenüber und auf der Toilette in das große
weiße Telefon hineinrufen
Blass kommt er, doch stolz zurück
Ein bisschen leichter, stumm vor Glück

Gebrochen ist sein Widerstand
Und er gibt mit schwacher Hand

Geld für Socken, Kerzen, Kunstgewerbe
Und eine bunte Steingutscherbe

Die hat an sich keine Funktion
Lautet des Sohnes Position
Er will zum Ausgleich auch was kriegen
Da gibt es etwas aufzuwiegen

Dann geht's nach Hause reich behängt
Mit Kram, an den sonst keiner denkt
Den man auch wirklich nur jetzt will
Egal, jetzt seid mal ganz kurz still

Hört ihr dies kleine Glöckchen helle?
Das klingt wie diese Bibelstelle
Wo der Heiland kommt zu Erden
Um zum Erlöser bald zu werden.

Vater ist blau, er hört gar nicht
Und hält kaum sein Balancegewicht
Die Straßen sind noch nicht gefroren
Es wachsen Zapfen aus den Ohren

Axel Hacke

Als ich Jesus war

Noch zwei Wochen bis Weihnachten. Ich hatte in der Stadt etwas zu erledigen gehabt, auf dem Heimweg war ich über den Christkindlmarkt gegangen und hatte zufällig Bruno getroffen, meinen alten Freund. Wir hatten uns schon eine ganze Weile nicht mehr gesehen, tranken einen Glühwein zusammen, aßen eine Bratwurst und tranken noch einen Glühwein. In leicht gehobener Stimmung machte ich mich auf den Heimweg, nicht ohne noch an einem der Stände auf dem Rindermarkt eine handgeschnitzte Christkindkrippe für unser Wohnzimmer zu kaufen, wie Paola es mir aufgetragen hatte.

Ich nahm den Weg über den Färbergraben. An der Ecke Sendlinger Straße, beim Kaufhaus Konen, saß ein Bettler auf dem Boden, vor sich einen Hut mit ein paar Münzen darin, neben sich ein paar Krücken.

Ich befand mich, wie gesagt, in beschwingter Stimmung, und so rief ich (weiß der Himmel, was mich dazu bewegte) dem Mann ein fröhliches »Steh auf und geh!« zu.

Wer beschreibt mein Erstaunen, als der Mensch sich sogleich aus den Decken wickelte, die seine Beine bedeckten, wie er sich mühsam auf die Knie drehte, langsam erhob, seine Krücken nahm, schließlich stand und dann aber diese Krücken von sich wegschob, sodass sie zu Boden fielen, einige wackelige Schritte machte, sich mit der linken Hand am Schaufenster abstützte, dies aber schon mehr aus Verwunderung denn aus Schwäche – und wie er dann, Schritt für Schritt sicherer werdend, die Sendlinger Straße entlangging, stadtauswärts, die Richtung zur Asamkirche nehmend.

Ich blieb eine Weile stehen, seltsam berührt, dann ging ich weiter, folgte dem Mann, verlor ihn aber aus den Augen, ging weiter, an der Asam-Kirche vorbei, erreichte schließlich die Metzgerei Murr. Ich betrat das Geschäft und postierte mich vor dem Kühlregal mit den Getränken. Lange betrachtete ich die Mineralwasserflaschen, dann machte ich eine unbestimmte Handbewegung in ihre Richtung.

Schlagartig färbte sich das Innere der Flaschen rot.

Ich nahm eine von ihnen und ging zur Kasse, um zu bezahlen. Die Verkäuferin betrachtete die Flasche geradezu fassungslos. Ich legte ihr die Hand auf die Schulter, um sie zu beruhigen, legte das Geld für die Flasche passend auf den Zahlteller und verließ den Laden. Von der Straße aus konnte ich sehen, wie die

Kassiererin sich erhob, zum Getränkeregal ging und die Flaschen betrachtete. Sie rief einen Mann im weißen Kittel herbei, der ebenfalls staunend verharrte, dann eine Flasche nahm, sie öffnete und trank. Er rief etwas, aber ich konnte es nicht verstehen, ließ die Frau probieren, die aufgeregt zur Tür zeigte, in meine Richtung.

Ich machte mich davon, nicht ohne selbst einen Schluck aus der soeben erstandenen Flasche zu nehmen.

Ein perlender Lambrusco, ohne Zweifel, nichts Besonderes. Aber mit ein bisschen mehr Mühe, beim nächsten Mal ...

Ich ging weiter, in Richtung meines Viertels, am Sendlinger Tor vorbei, Richtung Feuerwache. Ich merkte, dass mir einige Leute folgten, seit ich in dem Laden gewesen war, ja, ich glaubte sogar, den Bettler zu erkennen, auch einige Menschen, die schneller gingen und Handys in den Händen hielten, sei es, weil sie telefonierten, sei es, weil sie Fotos machen wollten.

Ich blieb kurz stehen, richtete meine Hände gen Himmel und sagte leise: »Schnee! Wind!«

Worauf sich sofort ein Schneesturm erhob, so stark, dass man nur in schräger Haltung gebeugt vorangehen konnte. Die Leute hinter mir verschwanden im dichten Flockenwirbel, und ich beeilte mich, nach Hause zu kommen und die am Christkindlmarkt gekaufte kleine Krippe an ihren Platz im Krippenhäuschen zu stellen, entschlossen, kein Wort über diese Angelegenheit zu verlieren.

Was ich auch nie getan habe, bis heute.

David Wagner

Weihnachtlicher Budenzauber

Auf einmal sind sie wieder da, Hüttendörfer, von Tannenbäumen umstellt. Auf dem Gendarmenmarkt, vor dem Roten Rathaus und auf dem Alexanderplatz – Weihnachtsmärkte überall. »Ob-La-Di, Ob-La-Da« dröhnt es durch die Buden, die in langen Reihen neben dem Opernpalais stehen. Aller mögliche Krimskrams hat hier eine Hütte gefunden, jede von ihnen, dies ist der »Nostalgische Weihnachtsmarkt«, trägt ein in Fraktur beschriftetes hölzernes Schild. »Kunst aus Peru« und »Chinesisches Kunsthandwerk« werden angeboten, es gibt Objekte aus Mango- und Olivenholz und Holzspielzeug. Dinge aus Holz, diesem vertrauenerweckenden, antimodernen Material, sind überhaupt stark vertreten, dazu alle möglichen Sachen, die gut duften. Seifen und wieder Seifen, gebrannte Mandeln, Düfte in Aromalampen, Bratwürste, Glühwein, Salmiakbonbons, »Kekse wie von Oma«, Fettgebackenes, Fetttriefendes und wieder Glühwein. Der Reigen seliger Düfte, der Holzfeuerrauch und der Duft der gerösteten Maronen verraten es: So ein Weihnachtsmarkt ist eigentlich eine Geruchslandschaft. Oder eine Inszenierung verschiedenster Gerüche, die nun, zu einer Jahreszeit, in der es fast immer dunkel ist, um so intensiver wirken. Weihnachtsmarktbesucher wandeln geruchsgesteuert.

Der 1. Musikzug der Berliner Feuerwehr steht auf einer Bühne, sieben ältere Herren in schmucken dunkelblauen Uniformen spielen Blasmusik. Niemand hört ihnen zu. Am Glühwein-Oktogon sagt ein Schild »Bei uns können Sie mit Mark bezahlen, Kurs 2 zu 1«. Ach, es ist wirklich ein nostalgischer Weihnachtsmarkt. Noch recht leer hier, von Gewimmel, laut Siegfried Kracauer notwendiger Bestandteil der hölzernen Städte, keine Spur. Ob das an der Terrorwarnung der letzten Woche liegt? Eher nicht. Es regnet, und es ist noch November. Aber man kann, das geht ganz leicht, sich jeden Weihnachtsmarkt schöntrinken. Am besten natürlich in einer Gruppe, nach der Arbeit, mit Kollegen. Und nach ein, zwei, drei Bechern Glühwein schmecken auch fette Würste gut.

Von den letzten Buden, die sich fast malerisch um die Friedrichswerdersche Kirche gruppieren – eine von ihnen hat Hundelutscher, Schweineschnauzen aus Gummi und Hundebananen im Angebot, eine andere antiquarische Bücher –, sind es nur ein paar Schritte zum nächsten Weihnachtsmarkt auf dem

Gendarmenmarkt. Die »S-Klasse unter den Weihnachtsmärkten«, wie die Berliner Zeitung einmal schrieb. Dort den inneren Bereich zu betreten kostet einen Euro, in preußelnde Theateruniformen gekleidete Dreispitzträger dirigieren die Besucher Richtung Kassenhäuschen. Innerhalb der Absperrung gibt es, auch hier sind alle Stände hübsch beschriftet, »Fairtrade aus dem Königreich Swaziland«, »Feine Brüsseler Waffeln« und »Originelles Briefpapier«.

Am Tag der Eröffnung stand da ein müde wirkender Regierender Bürgermeister auf der großen Bühne vor Schinkels Schauspielhaus, die Hände leicht resignativ in den Manteltaschen. Neben ihm und ein paar Prominenten (von denen der Berichterstatter, sein Fehler, leider niemanden kannte) hampelte ein Bär mit goldener Pappkrone herum. Der Bär war natürlich kein echter Bär, sondern eine Person, die in einem braunen Bärenkostüm steckte, sein grobmotorisches Bewegungsrepertoire ähnelte dem des Hertha-Maskottchen Herthinho. Wowereit und der Bär, Hand und Tatze drückten schließlich gemeinsam auf einen roten Knopf, mit dem die über hunderttausend Lichtpunkte im gar nicht so großen Weihnachtsbaum angeschaltet wurden. Der Weihnachtsmarkt unter der großen Discokugel im Giebel des Konzerthauses war eröffnet, fast so viel Sicherheitspersonal wie Besucher waren dabei. Die Schatten auf dem Portikus des Konzerthauses sahen wie dort postierte Scharfschützen aus, dann aber war doch zu erkennen, dass es sich nur um den steinernen Figurenschmuck handelte. Ein weißer, von unten angestrahlter Engel schwebte am Ausleger eines Autokrans über den Markt, vom Himmel hoch da winkte er runter, machte Schwimmbewegungen in der Luft und ließ Glitterkonfetti (aber das sollte wohl Schnee sein) durch den Regen auf den Gendarmenmarkt rieseln. Wie schön.

Vor so viel ernst gemeintem Kitsch kann, wer möchte, immer in eines der gut geheizten Konsumzelte flüchten. Deren Eingänge werden, um nur ja nicht zu vergessen, worum es hier eigentlich geht, links und rechts von temporären Geldautomaten flankiert. Das Bargeld für die Leistungsschau des Edeltands, der schönen, geschmackvollen Dinge – ja, es gibt sie noch –, soll den Kaufseligen auf dem Weihnachtsmarkt der besseren Stände nur ja nicht ausgehen.

Ganz anders die Stimmung auf dem Alexanderplatz, ein paar U-Bahn-Stationen weiter. Auf einer kleinen, temporären Eisbahn laufen Kinder im Nieselregen Schlittschuh, wie immer auf Eislaufbahnen zu herrlich schlechter Popmusik. Ein dicker Sicherheitsmann steht vor einer großen, hölzernen Saufhütte, ihre Fensteröffnungen sind mit aus Kunststoffvlies geschnittenen Eiszapfen geschmückt – Eiszapfen, die im Wind hin und her flattern. Hütten und Buden bewalden fast den gesamten Platz, wuchern am Alexa, der Mall im hässlichsten Gebäude Berlins, vorbei, bis hin zum großen Weihnachtsrummel auf dem Pfützenparkplatz an der Alexanderstraße. Das ist der Weihnachtsmarkt, den Berliner Kinder meinen, wenn sie auf den Weihnachtsmarkt wollen.

Ein kleines Riesenrad lockt (in Charlottenburg wird's ja so bald kein ganz großes »Berlin Wheel« geben), die Losbude Cesar's Palace verspricht Plüschgewinne, und die Berg-und-Tal-Bahn wurde für diese Wochen in »Weihnachtstanz« umgetauft. Nur zwei Personen fliegen im Star-Flyer, dem Kettenkarussell, das an einem Mast sehr weit hinauf in den Nachthimmel steigt. Und natürlich, beim Blick nach oben wird deutlich: Dieses Fahrgeschäft ist eine ins Gigantische vergrößerte Weihnachtspyramide. Wo sich auf anderen Weihnachtsmärkten nur kleine Holzfigürchen drehen dürfen, kreisen hier echte Menschen im warmen, flackernden Licht unterm Flügelrad.

Die Kirmesattraktionen haben sich kaum verändert: Autoskooter, Entenangeln, Wurfringe, mit Dartpfeilen auf Luftballons werfen. Auf dem Rummel kann einem viel nostalgischer werden als bei den Objekten aus Mango- und Olivenholz am Opernpalais. Und nach Frittierfett und Glühwein stinkt es hier auch. Ja, hier gefällt sogar Jingle Bells, das leicht verzerrt aus den Lautsprechern plärrt.

Vorweihnachtliche Besinnlichkeits-Beschwörung, Gefühlsduselei und Konsumterror gehören zusammen, ja bedingen einander wahrscheinlich. Der Weihnachtsmarkt ist der Ort, an dem man das Getränk, das zu dieser Gemengelage passt (warmer Fusel), zu sich nimmt oder in sich hineingießt und nicht weiter nachdenken will. Vor allem nicht über Terroranschläge. Trotzdem, ein Gedanke noch am Glühweinstand: Ein tatsächlicher Terroranschlag, darin liegt eine perfide Ironie, würde sehr plötzlich eine echte, ehrliche Besinnlichkeit herstellen, eine, wie sie damals, man erinnere sich, am Abend des 11. Septembers 2001 ausbrach, als selbst in dieser säkularisierten Stadt Zehntausende in die Kirchen strömten, als ob auf einmal schon im September Heiligabend wäre. – Ich will aber immer selbst entscheiden können, ob ich auf den Weihnachtsmarkt oder in die Kirche gehen will, dröhnt da eine Glühweinstimme, ich will mir von keinem verblendeten Rucksackbombenträger, der Probleme mit unserer freiheitlichen Grundordnung hat, Besinnlichkeit verordnen lassen. Und mich außerdem mit so viel ungesundem Zeug und gebrannten Mandeln vollstopfen dürfen, wie ich möchte.

Zugegeben, es trinkt sich ganz gut auf dem Weihnachtsmarkt seiner Wahl, die Stadt ist groß, es gibt noch viele andere. Innerlich gewärmt, fuselbeduselt und daher halb versöhnt, lässt es sich aushalten zwischen all den abgeschnittenen Tannenbäumen. Sieht so aus, als wäre der Wald zurück in der Stadt.

Anno dazumal

Walter Benjamin

Ein Weihnachtsengel

Mit den Tannenbäumen begann es. Eines Morgens, als wir zur Schule gingen, hafteten an den Straßenecken die grünen Siegel, die die Stadt wie ein großes Weihnachtspaket an hundert Ecken und Kanten zu sichern schienen. Dann barst sie eines schönen Tages dennoch, und Spielzeug, Nüsse, Stroh und Baumschmuck quollen aus ihrem Innern: der Weihnachtsmarkt. Mit ihnen aber quoll noch etwas anderes hervor: die Armut. Wie nämlich Apfel und Nüsse mit ein wenig Schaumgold neben dem Marzipan sich auf dem Weihnachtsteller zeigen durften, so auch die armen Leute mit Lametta und bunten Kerzen in den besseren Vierteln. Die Reichen aber schickten ihre Kinder vor, um denen der Armen wollene Schäfchen abzukaufen oder Almosen auszuteilen, die sie selbst vor Scham nicht über ihre Hände brachten. Inzwischen stand bereits auf der Veranda der Baum, den meine Mutter insgeheim gekauft und über die Hintertreppe in die Wohnung hatte bringen lassen. Und wunderbarer als alles, was das Kerzenlicht ihm gab, war, wie das nahe Fest in seine Zweige mit jedem Tage dichter sich verspann. In den Höfen begannen die Leierkasten die letzte Frist mit Chorälen zu dehnen. Endlich war sie dennoch verstrichen und einer jener Tage wieder da, an deren frühesten ich mich hier erinnere.

In meinem Zimmer wartete ich, bis es sechs werden wollte. Kein Fest des späteren Lebens kennt diese Stunde, die wie ein Pfeil im Herzen des Tages zittert. Es war schon dunkel; trotzdem entzündete ich nicht die Lampe, um den Blick nicht von den Fenstern überm Hof zu wenden, hinter denen nun die ersten Kerzen zu sehen waren. Es war von allen Augenblicken, die das Dasein des Weihnachtsbaumes hat, der bänglichste, in dem er Nadeln und Geäst dem Dunkel opfert, um nichts zu sein als nur ein unnahbares und doch nahes Sternbild im trüben Fenster einer Hinterwohnung. Doch wie ein solches Sternbild hin und wieder eins der verlassenen Fenster begnadete, indessen viele weiter dunkel blieben und andere noch trauriger im Gaslicht der früheren Abende verkümmerten, schien mir, dass diese weihnachtlichen Fenster die Einsamkeit, das Alter und das Darben – all das, wovon die armen Leute schwiegen – in sich fassten.

Dann fiel mir wieder die Bescherung ein, die meine Eltern eben rüsteten. Kaum aber hatte ich so schweren Herzens, wie nur die Nähe eines sichern Glücks es macht, mich von dem Fenster abgewandt, so spürte ich eine fremde Gegenwart im Raum. Es war nichts als ein Wind, so dass die Worte, die sich auf meinen Lippen bildeten, wie Falten waren, die ein träges Segel plötzlich vor einer frischen Brise wirft: »Alle Jahre wieder kommt das Christuskind auf die Erde nieder, wo wir Menschen sind« – mit diesen Worten hatte sich der Engel, der in ihnen begonnen hatte, sich zu bilden, auch verflüchtigt. Doch nicht mehr lange blieb ich im leeren Zimmer. Man rief mich in das gegenüberliegende, in dem der Baum nun in die Glorie eingegangen war, welche ihn mir entfremdete, bis er, des Untersatzes beraubt, im Schnee verschüttet oder im Regen glänzend, das Fest da endete, wo es ein Leierkasten begonnen hatte.

Siegfried Kracauer

Weihnachtlicher Budenzauber

Wo sich sonst glatte Straßen und Plätze hinziehen, tauchen vor Weihnachten wunderbare Jahrmarktsstädte auf, die aus Rollwagen, Buden und Tischen bestehen. Sie sind von Tannenwäldern eingebettet, deren entwurzelte Stämme den Ausblick auf die Asphaltflächen verdecken, und lassen den gemeinen Alltag nicht durch. Die Schaufenster weichen in den Hintergrund zurück, die Straßenbahnen rauschen jenseits der Tannen, die selber nicht rauschen können. Eine unübersehbare Menschenmenge - Basare und Fußgänger gehören zusammen - kommt aus dem grünen Dickicht hervor, bildet Knäuel, die zergehen, wälzt sich weiter und entschwindet wieder im Dickicht. Es ist, als sei das Gewimmel ein notwendiger Bestandteil der hölzernen Stadt.

Feilgeboten werden in ihr Dinge, die für gewöhnlich keine feste Unterkunft haben; es sei denn im Halbdunkel von Passagen. Unnützer Krimskrams, der nicht zu ernster Beschäftigung, sondern allenfalls zum Zeitvertreib taugt. Hier in der Budenstadt wagt sich das Gelichter vollständig an den Tag. Es kriecht aus Ritzen und Schlupfwinkeln hervor und freut sich des Passierscheins, den man ihm in Erwartung der Feiertage gegeben hat. Solange sie dauern, währt seine Herrschaft. Ist doch diese Zeit die der kleinen Dämonen, die sich das ganze Jahr über nicht austoben dürfen. Jetzt endlich werden sie freigelassen, um ihre Saturnalien zu begehen. Kaum sind sie ausgeschwärmt, so tritt an die Stelle unserer Welt eine andre. Eine primitive Vorwelt, die so zusammengeschrumpft ist, dass sie, die einst aus Höhlentiefen bis zu den Sternen reichte, heute bequem in Zimmerecken Platz findet. Erwachsene gelten in ihr nicht mehr als die Kinder. Sie nehmen Angstträume in die Hand, spielen mit überwundenen Göttern und belustigen sich über die Miniaturverkörperungen elementarer Gewalten.

Den Sinnen, die ihre Lust büßen wollen, bietet sich eine ganze wilde Jagd von Gegenständen an. »Alles regt sich, alles bewegt sich«, schreien die Händler. In der Tat regen und bewegen sich diese Nachbilder des großen Natur- und Geisterplunders nach unserem Gefallen. Die Katze lupft ein Bein, der Esel streckt Zunge und Schwanz heraus, und die graue Maus, der »Schrecken der Damenwelt«, huscht pfeilgeschwind über den Boden. Es musst schön sein, wenn die Damen quietschen und sich hinterher alles in Wohlgefallen auflöst. Auch die Babys werden noch halb zum Tierreich gerechnet und wie aus Spaß zur immerwährenden Wiederholung der ihnen eigentümlichen Tätigkeiten genötigt. Das mechanische Krabbeln, Strampeln und Grimassieren wäre zum Fürchten, brächen sie nicht glücklicherweise eines Tages den Bann. Ihrem winzigen Maßstab sind viele Gebilde angepasst, deren Originale sich manchmal wie besessen gebärden. Wahrscheinlich ist es nicht jedermanns Sache, sich einer Luftschaukel anzuvertrauen. Wenn aber die Schaukel auf einem Rollwägelchen sitzt, das nur gezogen zu werden braucht, damit sie sich zu drehen beginnt, bleiben sogar die zierlichen Figürchen bei Besinnung, die in ihren Kabinen durch die Luft sausen müssen. Nicht minder harmlos ist die Bergfahrt zu einem Gipfel, dessen schwindelerregende Höhe von der eines Fingers übertroffen wird, oder die Veranstaltung eines Pferderennens, das auf einer Tellerfläche gelaufen werden kann. Man zieht die Schraube an und gebietet über Kräfte, die kaum zu bändigen sind und oft Katastrophen entfesseln. Ja, die Erdkugel selber ist uns in Gestalt eines als Globus ausgebildeten Kreisels unterworfen. Ein Griff genügt, um sie so rasch rotieren zu lassen, dass sämtliche astronomische Gesetze in Verwirrung geraten. Während sie auf der Schnur tanzt, werden ihre fünf Weltteile vom Kerzenlicht eines blechernen Leuchtturms beschienen. Dazu ertönt das künstliche Gegacker einer nicht vorhandenen Henne und eine sanfte Flötenmusik, die mit Hilfe eines Metallstücks kinderleicht zu bewerkstelligen ist.

»Alles regt sich, alles bewegt sich.« An die Oberfläche dringt auch ein Zeug, von dem wir nur mittelbar etwas wissen. Es trägt keinen Namen, fegt durch die Stuben und überfällt uns gern hinterrücks. Nachts wird es lebendig, ohne sich je zu zeigen, und im hellen Tag verstört es die Dinge, so dass sie bösen Schabernack treiben. Dadurch, dass diese Unwesen in den Buden sichtbare Formen annehmen, verlieren sie sofort die Macht, die sie über uns haben. Sie enthüllen sich zum Beispiel als Puppengeschöpfe aus Holz, Draht und Stoffresten, die unserer Laune so sehr zu Willen sind, dass sie auf den leisesten Druck hin durch den Hohlraum der Feiertagszeit hüpfen. Besonders kurios ist der Irrwisch ausgefallen, zu dem sich das verborgene Gesindel verdichtet. Weder hat er eine Spur von Menschenähnlichkeit, noch auch gleicht er sonst einer bekannten Kreatur. Seine Gliedmaßen sind Garnspulen und -rollen, und das ganze Gestell wird von einem Seidenstern gekrönt. Wehe, wenn ihn einer abwickelte. Dann verschwände die drollige Schrecklichkeit, und das Fadenmännchen wirkte zu unserem Verderben wieder hinter den Kulissen.

Mitten unter diesen müßigen Artikeln machen sich Seifen, Krawatten, Parfümerien, Schals und andere handfeste Waren breit, die sich über ihre nichtsnutzige Nachbarschaft erhaben dünken. Sie liegen in Koffern zur Schau, die so billig sind wie sie selber, und fordern seriöse Beachtung. Aber wenn sie auch noch so wichtig tun, gehören sie darum doch nicht minder zur Bagage ringsum. Man hat sie aus den Geschäften vertrieben, und nun führen sie in der Budenstadt dieselbe Vagabundenexistenz wie das übrige Gelichter und die Verkäufer an Ständen und Tischen. Der Spuk aus Erdspalten und Möbeln verträgt sich ohne Schwierigkeit mit den Ausschussprodukten der Gesellschaft. Nicht umsonst drohen die Gesichter mancher Arbeitslosen, die hier für einige Tage einen Verdienst gefunden haben, ganz zu vergehen und dem Fadenmännchen zu folgen. Hinter einem Tannenwaldbündel sitzt ein Bettler, der sich ausdrücklich als einen »Zivilblinden« bezeichnet. Er bringt auf seinem Harmonium Melodien hervor, die das Hennengegacker und die Flötenimitation übertönen. Sie werden erst dann lustig klingen, wenn alle diese lebensgroßen Elendsfiguren klein geworden sind wie die springenden Püppchen, mit denen wir spielen.

Ludwig Tieck

Weihnachts-Abend

Als ich ein Kind war, so erzählte Medling, ein geborner Berliner, war der Markt und die Ausstellung, wo die Eltern für die Kinder oder sonst Angehörigen, Spielzeug, Näschereien und Geschenke zum Weihnachtsfeste einkauften, eine Anstalt, deren ich mich immer noch in meinem Alter mit großer Freude erinnere. In dem Teile der Stadt, wo das Gewerbe am meisten vorherrschte, wo Kaufleute, Handwerker und Bürgerstand vorzüglich ein rasches Leben verbreiten, war in der Straße, welche von Köln zum Schlosse führt, schon seit langer Zeit der Aufbau jener Buden gewöhnlich, die mit jenem glänzenden Tand als Markt für das Weihnachtsfest ausgeschmückt werden sollten. Diese hölzernen Gebäude setzten sich nach der langen Brücke, so wie gegenüber nach der sogenannten Stechbahn fort, als rasch entstehende, schnell vergehende Gassen. – Vierzehn Tage vor dem Feste begann der Aufbau, mit dem Neujahrstage war der Markt geschlossen, und die Woche vor der Weihnacht war eigentlich die Zeit, in welcher es auf diesem beschränkten Raum der Stadt am lebhaftesten herging, und das Gedränge am größten war. Selbst Regen und Schnee, schlechtes und unerfreuliches Wetter, auch strenge Kälte konnten die Jugend wie das Alter nicht vertreiben. Hatten sich aber frische und anmutige Wintertage um jene Zeit eingefunden, so war dieser Sammelplatz aller Stände und Alter das Fröhlichste, was der heitre Sinn nur sehen und genießen konnte, denn nirgend habe ich in Deutschland und Italien etwas dem Ähnliches wieder gefunden, was damals die Weihnachtszeit in Berlin verherrlichte.

Am schönsten war es, wenn kurz zuvor Schnee gefallen, und bei mäßigem Frost und heiterem Wetter liegen geblieben war. Alsdann hatte sich das gewöhnliche Pflaster der Straße und des Platzes durch die Tritte der unzähligen Wanderer gleichsam in einen marmornen Fußboden verwandelt. Um die Mittagsstunde wandelten dann wohl die vornehmen Stände behaglich auf und ab, schauten und kauften, luden den Bedienten, welche ihnen folgten, die Gaben auf, oder kamen auch nur wie in einem Saal zusammen, um sich zu besprechen und Neuigkeiten mitzuteilen. Am glänzendsten aber sind die Abendstunden, in welchen diese breite Straße von vielen tausend Lichtern aus den Buden von beiden Seiten erleuchtet wird, dass fast eine Tageshelle sich verbreitet, die nur hie und da durch das Gedränge der Menschen sich scheinbar verdunkelt. Alle Stände wogen fröhlich und laut schwatzend durcheinander. Hier trägt ein bejahrter Bürgersmann sein Kind auf dem Arm, und zeigt und erklärt dem laut jubelnden Knaben alle Herrlichkeiten. Eine Mutter erhebt dort die kleine Tochter, dass sie sich in der Nähe die leuchtenden Puppen, deren Hände und Gesicht von Wachs die Natur anmutig nachahmen, näher betrachten könne. Ein Kavalier führt die geschmückte Dame, der Geschäftsmann lässt sich gern von dem Getöse und Gewirr betäuben, und vergisst seiner Akten, ja selbst der jüngere und der ältere Bettler erfreut sich dieser öffentlichen, allen zugänglichen Maskerade, und sieht ohne Neid die ausgelegten Schätze und die Freude und Lust der Kinder, von denen auch die geringsten die Hoffnung haben, dass irgendetwas für sie aus der vollen Schatzkammer in die kleine Stube getragen werde. So wandeln denn Tausende, scherzend, mit Planen zu kaufen, erzählend, lachend, schreiend, den süßduftenden mannigfaltigen Zucker- und Marzipan-Gebäcken vorüber, wo Früchte, in reizender Nachahmung, Figuren aller Art, Tiere und Menschen, alles in hellen Farben strahlend, die Lüsternen anlacht; hier ist eine Ausstellung wahrhaft täuschenden Obstes, Aprikosen, Pfirsiche, Kirschen, Birnen und Äpfel, alles aus Wachs künstlich geformt; dort klappert, läutet und schellt in einer großen Bude tausendfaches Spielzeug aus Holz in allen Größen gebildet, Männer und Frauen, Hanswürste und Priester, Könige und Bettler, Schlitten und Kutschen, Mädchen, Frauen, Nonnen, Pferde mit Klingeln, ganzer Hausrat, oder Jäger mit Hirschen und Hunden, was der Gedanke nur spielend ersinnt, ist hier ausgestellt, und die Kinder, Wärterinnen und Eltern werden angerufen, zu wählen und zu kaufen. Jenseits erglänzt ein überfüllter Laden mit blankem Zinn (denn damals war es noch gebräuchlich, Teller und Schüsseln von diesem Metall zu gebrauchen), aber neben den polierten und spiegelnden Geräten blinkt und leuchtet in Rot und Grün, und Gold und Blau, eine Unzahl regelmäßig aufgestellter Soldatesken, Engländer, Preußen und Kroaten, Panduren und Türken, prächtig gekleidete Paschas auf geschmückten Rossen, auch geharnischte Ritter und Bauern und Wald im Frühlingsglanz, Jäger, Hirsche und Bären und Hunde in der Wildnis. Wurde man schon auf eigne, nicht unangenehme Weise betäubt, von all dem Wirrsal des Spielzeuges, der Lichter und der vielfach schwatzenden Menge, so erhöhten dies noch durch Geschrei jene umwandelnden Verkäufer, die sich an keinen festen Platz binden mochten, diese drängen sich durch die dicksten Haufen, und schreien, lärmen, lachen und pfeifen, indem es ihnen weit mehr um diese Lust zu tun ist, als Geld zu lösen. Junge Burschen sind es, die unermüdet ein Viereck von Pappe umschwingen, welches, an einem Stecken mit Pferdehaar befestigt, ein seltsam lautes Brummen hervorbringt, wozu die Schelme laut: »Waldteufel kauft!« schreien. Nun fährt eine große Kutsche mit vielen Bedienten langsam vorüber. Es sind die jungen Prinzen und Prinzessinnen des Königlichen Hauses, welche auch an der Kinderfreude des Volkes teilnehmen wollen. Nun freut der Bürger sich doppelt, auch die Kinder seines Herrschers so nahe zu sehen; alles drängt sich mit neuem Eifer um den stillstehenden Wagen.

Jedes Fest und jede Einrichtung, so beschloss Medling seinen Bericht, wächst mit den Jahren, und erreicht einen Punkt der Vollendung, von welchem es dann schnell, oder unvermerkt wieder hinabsinkt. Das ist das Schicksal alles Menschlichen im Großen, wie im Kleinen. So viel ich nach den Erinnerungen meiner Jugend und Kindheit urteilen darf, war diese Volksfeierlichkeit von den Jahren 1780 bis etwa 1793 in ihrem Aufsteigen und in der Vollkommenheit. Schon in den letzten Jahren richteten sich in näheren oder entfernteren Straßen Läden ein, die die teureren und gleichsam vornehmeren Spielzeuge zur Schau ausstellten. Zuckerbäcker errichteten in ihren Häusern anlockende Säle, in welchen man Landschaften aus Zuckerteig, oder Dekorationen, später ganze lebensgroße mythologische Figuren, wie in Marmor ausgehauen, aus Zucker gebacken sah. Ein prahlendes Bewusstsein, ein vornehmtuendes Überbieten in anmaßlichen Kunstproduktionen zerstörte jene kindliche und kindische Unbefangenheit, auch musste Schwelgerei an die Stelle der Heiterkeit und des Scherzes treten. Doch ist mit allen diesen neuern Mängeln, so endigte unser Freund seinen Bericht, diese Christ-Zeit in Berlin, vergleicht man das Leben dieser fröhlichen und für Kinder so ahndungsreichen Tage, mit allen andern Städten, immer noch eine klassische zu nennen, wenn man das Klassische als den Ausdruck des Höchsten und Besten in jeglicher Art gebrauchen will.

Ferdinand von Saar

Auf dem Weihnachtsmarkt

Mutet auch alles mich an im alten Bezirke
der Städter,
Auf der »Freiung« am »Hof« fühl' ich ergriffen
mein Herz.
Dort spricht jeglicher Stein zu mir und weckt
die Erinnerung –
Längst vergangene Zeit drängt sich lebendig heran.
Sieh': da ragt sie ja noch, die schlichte breitgieb'lige
Kirche,
Ragt der Schottenabtei menschendurchwandelter
Bau. [...]
O du herrlicher Winter mit lustigem Flocken-
gewirbel!
Und, o Weihnacht, du, schönstes, beglückendstes
Fest!
Ha! Da standen sie schon, geräumig, die hölzernen
Buden,
Wo die Schätze sich all' wiesen in flitterndem Glanz.
Harzige Bäume und Bäumchen mit farbigen Ketten
behangen,

Kerzchen, niedlich und bunt, würziges Zucker-
gebäck;
Spielzeug jeglicher Art, Hutschpferde und
knallende Peitschen,
Schachteln mit bleiernem Krieg, Trommel
und Seitengewehr:
Tand, der die Kleinen entzückt, und doch mit
begehrlichem Auge
Noch von den Größ'ren gestreift ward bei der
hastigen Schau.
Freilich, sie schreckte der »Krampus« nicht mehr,
der mit drohender Rute,
Fröhlich begafft und belacht, dunkel im
Schimmernden stand.
Aber mit Andacht erfüllten uns alle die lieblichen
Ställchen,
Wo in der Krippe das Kind lag, von Maria bewacht;
Es'lein und Öchslein dabei, die Könige und auch
die Hirten –
Und aus Rauschgold ein Stern flimmerte
über dem Bild.
Heilige Schauer der Kindheit! Unschuldige
Wünsche des Knaben,
Welche die Mutter ihm stets freudigen Herzens
gewährt!
Selige Zeit, wo bist du? – Ist sie denn wirklich
entschwunden?

Nein: wenn frostig der Platz mit dem sich
neigenden Jahr;
Wenn der Kastanien Gedüft entsteigt den
röstenden Pfannen,
Und die Hök'rin umhüllt sorglicher Busen
und Haupt:
Stehen die Buden auch da, und durch die Nebel
des Abends
Schimmert das harzige Grün, leuchtet
der heilige Christ.
Immer noch gibt es verlangende Kinder
und liebende Mütter –
Und im Kreislauf erhält ewig das Leben sich jung!

Wilhelm Raabe

Ein Weihnachtsabend in der Sperlingsgasse

Weihnachten! – Welch ein prächtiges Wort! – Immer höher türmt sich der Schnee in den Straßen; immer länger werden die Eiszapfen an den Dachtraufen; immer schwerer tauen am Morgen die gefrorenen Fensterscheiben auf! Ach in vielen armen Wohnungen tun sie es gar nicht mehr. – Hinter den meisten Fenstern lugen erwartungsvolle Kindergesichter hervor; da und dort liegt auf der weißen Decke des Pflasters ein verlorner Tannenzweig. Es wird viel Goldschaum verkauft, und bedeckte Platten von Eisenblech, die vorbeigetragen werden, verbreiten einen wundervollen Duft.

»Wäre es nicht eigentlich die Pflicht zweier Mitarbeiter der ›Welken Blätter‹, jetzt auf die Weihnachtswanderung zu gehen?«

»Auch ich wollte Sie eben dazu auffordern«, sagte ich.

»Vorwärts!«, rief Strobel und stülpte seinen Filz wieder auf, während ich meinen Mantel und roten, baumwollenen Regenschirm hervorsuchte.

Welch ein Gang war das, den ich mit dem tollen Karikaturenzeichner in der Dämmerung des Abends machte! In wie viel Keller- und andere Fenster musste der Mensch gucken; in wie viel kleine frostgerötete Hände, die sich an den Ecken und aus den Torwegen uns entgegenstreckten, ließ er seine Viergroschenstücke gleiten! Welch ein Gang war das! Die Geister, die den alten Scrooge des Meister Boz über die Weihnachtswelt führten, hätten mich nicht besser leiten können als Herr Ulrich Strobel. Jetzt betrachteten wir die phantastische Ausstellung eines Ladens, jetzt die staunenden, verlangenden Gesichter davor; jetzt entdeckte Strobel eine neue Idee in der Anfertigung eines Spielzeugs, jetzt ich; es war wundervoll!

An der Ecke des Weihnachtsmarktes blieben wir stehen, in das fröhliche Getümmel, welches sich dort umhertrieb, hineinblickend. Im ununterbrochenen Zuge strömte das Volk an uns vorbei: Väter, auf jedem Arme und an jedem Rockschoß ein Kind, Handwerksgesellen mit dem Schatz, den sie aus der Küche der »Gnädigen« weggestohlen hatten, ehrliche, unbeschreiblich gutmütig und dumm lächelnde Infanteristen, feine, schmucke Garde-Schützen, schwere Dragoner und »klobige« Artillerie. – Hier und da wanden sich junge Mädchen zierlich durch das Getümmel; jedes Alter, jeder Stand war vertreten, ja sogar die vornehmste Welt überschritt einmal ihre närrischen Grenzen und zeigte ihren Kindern die – Freude des Volks.

Der Zeichner war auf einmal sehr ernst geworden. »Sehen Sie«, sagte er, »da strömt die Quelle, aus welcher die Kinderwelt ihr erstes Christentum schöpft! Nicht dadurch, dass man ihnen von Gott und so weiter Unverständliches vorräsoniert, sie Bibel- oder Gesangbuchverse auswendig lernen lässt, nicht dadurch, dass man sie – womöglich in den Windeln – in die Kirchen schleppt, legt man den Keim der wunderbaren Religion in ihre Herzen. An das Gewühl vor den Buden, an den grünen funkelnden Tannenbaum knüpft das junge Gemüt seine ersten, wahren – und was mehr sagen will, wahrhaft kindlichen Begriffe davon!«

Ich wollte eben darauf etwas erwidern, als plötzlich eine Gestalt, in einen dunkeln Mantel gehüllt, ein Kind auf dem Arme tragend, an uns vorbeischlüpfen wollte. Ein Strahl der nächsten Gaslaterne fiel auf ihr Gesicht, es war die kleine Tänzerin aus der Sperlingsgasse. Ich freute mich über die Begegnung und rief sie an:

»Das ist prächtig, Fräulein Rosalie, dass wir Sie treffen. Vielleicht werden Sie uns erlauben, dass wir Sie begleiten; denn um die Mysterien eines Weihnachtsmarktes zu durchdringen, ist es jedenfalls nötig, ein Kind bei sich zu haben.«

Die Tänzerin knickste und sagte: »O, Sie sind zu gütig, meine Herren; Alfred hat mir den ganzen Tag keine Ruhe gelassen, und da kein Theater ist, so musste ich ihm doch die Herrlichkeit zeigen.«

»Ja, Mann«, – sagte Alfred, unter einer dicken Pudelmütze gar verwegen hervorschauend – »mitgehen!«

Ich stellte der Tänzerin den Nachbar Zeichner vor, und das vierblättrige Kleeblatt war bald in der Stimmung, die ein Weihnachtsmarkt erfordert. Was für ein Talent, Kinder vor Entzücken außer sich zu bringen, entwickelte jetzt der Karikaturenzeichner! Er hatte der Mutter den dicken Bengel sogleich abgenommen, ließ ihn nun gar nicht aus dem Aufkreischen herauskommen und schleppte ihn hoch auf der Schulter durch das Gewühl voran. »O ich bin Ihnen so dankbar, so dankbar, Herr Wachholder«, flüsterte die kleine Tänzerin, zu deren Beschützer ich mich sehr gravitätisch aufwarf.

»Liebes Kind«, sagte ich, »ein Paar solcher Junggesellen wie ich und mein Freund würden solche Abende wie dieser sehr übel zubringen, wenn nicht dann ausdrücklich eine Vorsehung über sie wachte. Sie sollen einmal sehen, wie prächtig wir heute Abend noch Weihnachten feiern werden, – hören Sie nur, wie Alfred jubelt; sehen Sie, wie stolz und glücklich er unter der Pickelhaube vorguckt, die ihm eben der Herr Strobel übergestülpt hat!«

Der Karikaturenzeichner hätte sich in diesem Augenblick sehr gut selbst abkonterfeien können – er tat es auch, aber später. Wundervoll sah er aus. Im Knopfloche baumelte ein gewaltiger Hampelmann, in der rechten Hand hatte er eine große Knarre, die er energisch schwenkte, während auf seinem linken Arm Alfred mit aller Macht auf eine Trommel paukte.

»Kleine Dame«, sagte der Zeichner jetzt zu unserer Begleiterin, »stecken Sie mir doch einmal jene Düte in die Rocktasche, ich komme nicht dazu! Heda, alter Wachholder«, schrie er dann mich an, »gleiche ich nicht aufs Haar einer Kammerverhandlung? Rechts Geknarre, links Getrommel, und für das Fassen und Einsacken der begehrten Süßigkeiten weder Kraft noch Platz!«

»Mama, *der* Onkel aber mal rechter Onkel!«, rief der Kleine entzückt von seiner Höhe herab, als Rosalie der Anforderung Strobels nachkam und ich ebenfalls die Taschen mit allerlei füllte.

So ging es weiter, bis uns endlich die Kälte zu heftig wurde. Der Zeichner löste sich auf – wie er's nannte – und überlieferte mir die spielzeugbehangene Linke, behielt jedoch die Knarre in der Rechten, und nun ging's durch die menschen- und lichtererfüllten Straßen nach Hause. Wie glänzte heute Abend die alte, dunkle Sperlingsgasse! Von den Kellern bis zum sechsten Stock, bis in die kleinste Dachstube war die Weihnachtszeit eingekehrt; freilich nicht allenthalben auf gleich »fröhliche, selige, gnadenbringende« Weise. Welch einen Abend feierten wir nun! Wir ließen unsere kleine Begleiterin natürlich nicht zu ihrem kalt gewordenen Stübchen hinaufsteigen. War ich nicht schon auf der Universität meines famosen Punschmachens wegen berühmt gewesen? (Eine Kunst, die mir mein Vater mit auf den Lebensweg gegeben hatte.) Der Karikaturenzeichner holte einen Tannenzweig, den er auf der Straße gefunden hatte, hervor und hielt ihn ins Licht.

»Das ist der wahre Weihnachtsduft«, sagte er, »und in Ermangelung eines Bessern muss man sich zu helfen wissen.«

Horch! was trappelt auf einmal da draußen auf der Treppe? Ein leises Kichern erschallt auf dem Vorsaal und scheint noch eine Treppe höher steigen zu wollen. »Zu mir?«, sagt Rosalie und springt verwundert nach der Tür. »Ach, *da* ist sie?!«, schallt es draußen, und auch ich stecke meinen Kopf heraus.

»Guten Abend, alter Herr! Guten Abend, Rosalie! Guten Abend, Röschen!«, erschallt ein Chor heller, lustiger Stimmen.

»Wo ist Alfred, wir bringen ihm einen Weihnachtsbaum!«

»Hurra, das ist's, was wir eben brauchen!«, schreit

der Zeichner, seine Knarre schwingend. »Schönen guten Abend, meine Damen, und fröhliche Weihnachten!«

Aus dunkeln Mänteln und Schals und Pelzkragen entwickelt sich jetzt ein halbes Dutzend kleiner Theaterfeen, die alle jubelnd und lachend meine Stube füllen und – auf einmal alle ein verschiedenes Musikinstrument hervorholen, welches sie auf dem Weihnachtsmarkt erstanden haben. Ein Heidenlärm bricht los; das knarrt und quiekt und plärrt und klappert, dass die Wände widerhallen und Rosalie, welche beschwörend von einer der kleinen Ratten zur andern läuft, zuletzt die Ohren zuhaltend in dem fernsten Winkel sich verkriecht.

Endlich legt sich der Skandal mit dem ausgehenden Atem und der ausgehenden Kraft des Karikaturenzeichners, der vor Wonne über das Pandämonium kaum noch seine Knarre schwingen kann.

Welch ein Punsch war das! Welche Gesundheiten wurden ausgebracht! Welche Geschichten wurden erzählt! Vom Souffleur Flüstervogel bis zum Ballettmeister Spolpato, ja bis zu Seiner Exzellenz dem Herrn Intendanten hinauf.

Heute Abend malte Strobel keine Karikaturen, aber *sich* selbst machte er oft genug zu einer. Beim Versuch, sich auf einer mit dem Halse auf der Erde stehenden Flasche sitzend zu drehen, beim Zuckerreiben, beim Versuch, den glimmenden Docht eines ausgeputzten Wachslichtes wieder anzublasen und bei anderen Kunststücken.

Alfred, der durch Unterlegung von Pufendorfs und Bayles schweinsledernen Gelehrsamkeit und durch Auftürmung verschiedener dickbändiger Erziehungstheorien dazu gebracht war, neben seiner kleinen Mutter sitzend, über den Tisch blicken zu können, jubelte mit, bis ihm die Augen zufielen und er auf meinem Sofa ein- und weiterschlief bis elf Uhr, wo das Fest endete, die kleinen Gäste wieder in ihre Mäntel krochen, mich für einen »gottvollen alten Herrn« erklärten, Röschen küssten und nach einem vielstimmigen »gute Nacht« die Treppe hinabtrippelten. Darauf trug Strobel den schlafenden Alfred eine Treppe höher (wozu ich leuchtete) und – auch dieser Weihnachtsabend der Sperlingsgasse war vorbei.

Gottfried Keller

Weihnachtsmarkt in Berlin

Welch' lustiger Wald um das hohe Schloss
Hat sich zusammengefunden,
Ein grünes bewegliches Nadelgehölz,
Von keiner Wurzel gebunden!

Anstatt der warmen Sonne scheint
Das Rauschgold durch die Wipfel;
Hier backt man Kuchen, dort brät man Wurst,
Das Räuchlein zieht um die Gipfel.

Es ist ein fröhliches Leben im Wald,
Das Volk erfüllet die Räume;
Die nie mit Tränen ein Reis gepflanzt,
Die fällen am frohsten die Bäume.

Der eine kauft ein bescheidnes Gewächs
Zu überreichen Geschenken,
Der andre einen gewaltigen Strauch,
Drei Nüsse daran zu henken.

Dort feilscht um ein winziges Kieferlein
Ein Weib mit scharfen Waffen;
Der dünne Silberling soll zugleich
Den Baum und die Früchte verschaffen.

Mit rosiger Nase schleppt der Lakai
Die schwere Tanne von hinnen;
Das Zöfchen trägt ein Leiterchen nach,
Zu ersteigen die grünen Zinnen.

Und kommt die Nacht, so singt der Wald
Und wiegt sich im Gaslichtscheine;
Bang führt die ärmste Mutter ihr Kind
Vorüber dem Zauberhaine.

Einst sah ich einen Weihnachtsbaum:
Im düstern Bergesbanne
Stand reifbezuckert auf dem Grat
Die alte Wettertanne.

Und zwischen den Ästen waren schön
Die Sterne aufgegangen;
Am untersten Ast sah man entsetzt
Die alte Wendel hangen.

Hell schien der Mond ihr in's Gesicht,
Das festlich still verkläret;

Weil auf der Welt sie nichts besaß,
Hatt' sie sich selbst bescheret.

Julius Stinde

Der Weihnachtsmarkt

Zu den vielen ausgesuchtesten Rätseln der Natur gehören, wie man so um Michaelis herum jedes Mal in den Zeitungen liest, die Wandervögel, welche schon lange vor der Erfindung des Kompasses schnurgerade nach den fremden Ländern fliegen, und bei den Schwalben trifft es ja auch auf Datum und Stunde zu. Unerklärlich ist mir allerdings, dass sie sämtlich auf einmal abziehen; aber warum sie sich überhaupt aufmachen, das kann einem einigermaßen anschlägigen Kopfe keineswegs unergründlich sein: sie gehen der Annehmlichkeit nach, da der Mensch sich genau ebenso verhält. Im Frühling, sobald der erste wärmende Sonntag lockt, wandert er in die Umgebung, am Karfreitag muss er nach dem Spandauer Bock, Pfingsten wandert er in den Grunewald, ein andermal wandert er nach Stralau oder Treptow, und sobald das Eis hält, ist die Rousseau-Insel im Tiergarten sein Wanderziel. Das liegt ihm so von klein auf in den Gehorganen. Kommt nun aber die Weihnachtszeit, dann halten ihn keine vier Pferde, dann zieht es ihn mit unerklärlicher Gewalt nach dem Weihnachtsmarkt. Genau ebenso kann man es sich mit den Wandervögeln denken, obgleich der Weihnachtsmarkt nicht ausschließliche Annehmlichkeiten bietet, zumal wenn ein Tauwetter dazwischenfährt und man einen Rand am Zeuge mitbringt, als wäre man von höherer Gewalt durch den Glitsch gezogen.

Wir hatten uns diesmal gemeinschaftlich mit Doktors, Onkel Fritz und Krauses verabredet, obgleich Doktoren wegen ihrer Praxis ziemlich unsichere Kantonisten sind, aber wir taten es hauptsächlich um Krauses willen, die der Aufheiterung bedurften, denn ihr Eduard hat ihnen zu viel Verdruss bereitet. Kann es auch wohl etwas Bitterlicheres geben, als wenn der Vater, der doch selbst Lehrer ist, seinen eigenen Jungen zu einem Kollegen schicken muss, damit er bei dem seine Schularbeiten macht, was Eduard zu Hause nicht einfiel? I bewahre! Anstatt Lateinisch zu lernen, war er ausgerückt und hatte mit den Jungens Räuber und Soldat im Friedrichshain gespielt oder war auf der Straße umhergestrolcht, und wenn er eingesperrt wurde, hatte er mit der Lampe gekokelt, dass es leicht hätte Brandstiftung geben können. Und wenn sie glaubten, dass er wirklich fleißig sei, weil er sich still und ruhig verhielt, dann hatte er einen heimlichen Robinson oder sonst ein Geschichtenbuch bei sich gehabt, und seine Aufgaben bestanden aus Fehlern und Tintenklecksen. Unbegreiflich war nur, dass die Mutter den Jungen immer noch in Schutz nahm. Wollte sie denn nicht sehen, dass er die ersten Kinderschuhe bereits ausgetreten hatte und kein Samtkittelchen und keine weißen Höschen mehr trug? »Es ist unrecht, das Kind mit so schweren Arbeiten zu quälen«, sagte sie, sogar wenn der Junge dabei war. Eduard brauchte nur zu gnauen, das Lateinische mache ihm Kopfweh, dann kajolierte sie ihn und sagte: »Papa wird dir einen Entschuldigungszettel schreiben, dass dir nicht ganz gut war, mein Engel«, worauf Edechen in den Wiegestuhl kroch und sich schunkelte, um die Zeit doch nur irgend womit zu vertreiben. Herr Krause durfte natürlich keine Einwendungen machen, denn sie hatte sofort die Überbürdung der Schuljugend auf dem Tapet, und er musste schweigen wie ein schlecht geputzter Rekrut. Solche Jammerbolle von Mann!

Etwas Zerstreuung und Erheiterung war Krauses daher mehr als passlich und eine Weihnachtswanderung ihnen sehr willkommen. Wir erwarteten sie zu um Sechsen bei uns, wie verabredet worden war, aber sie kamen erst um halb sieben. Die Krausen entschuldigte sich damit, sie hätte bemerkt, dass ihr japanisches Tablett weg wäre, und das hätte sie erst gesucht, ohne es jedoch finden zu können. Ich sagte, so etwas verkröche sich manchmal oder verstäche sich hinter ein Möbel, es würde sich schon morgen oder sonst gelegentlich wieder angeben. Es fand sich auch an, aber anders als wir gedacht hatten und, wie ich sagen muss, in niederschmetternder Weise. Doch alles zu seiner Zeit.

Wir zögerten nun nicht lange, als wir komplett waren, und wanderten dem Schlossplatz zu, denn da ist doch der Hauptmarkt; indessen, wir kamen nur langsam vorwärts, teils wegen der Menschenmenge auf der Straße, teils wegen der Läden, die betrachtet werden sollten. Einer machte den anderen auf das aufmerksam, was ihm am besten gefiel. »Nein, sieh bloß dies hier! ... Oh, das möchte ich haben ... Seht doch nur, wie prachtvoll!« Und so ging es in einer Tour. Mancher Laden überbot sich auch wirklich selbst. In einem hatten sie sogar eine stilvolle Burg aus lauter Pfefferkuchen aufgebaut, mit gleichfalls stilvollen Pflaumenmännern als Ritter.

Und nun erst die Stoff- und Porzellangeschäfte, die Bronzeläden und Seidenwarenhandlungen: alle miteinander hatten sich geputzt, indem sie das Feinste zum Vorschein brachten. Es ist alles prunkhaft um diese Zeit, als wenn Illumination wäre, sämtliche Gasflammen und Lampen, die nur brennen können, haben sie im Gange, und was irgend glitzert und blänkert, liegt in den Schaufenstern aus:

man kann eben nicht vorbeikommen. Da wird immer so viel von den Schätzen des Orients geredet und von den Basaren, die sie dort haben. Was will das sagen? Vor Weihnachten ist das ganze Berlin mit seinen stundenlangen, gasstrahlenden Straßen ein einziger, ungeheuerer Basar.

Zwischen all dieser neuen Pracht liegt der Weihnachtsmarkt, wie die gute alte Zeit. So war es damals, als meine Eltern mich das erste Mal mitnahmen, und so ist es geblieben bis auf den heutigen Tag. Das sind dieselben schmalen, langen Budenreihen; dieselben Spielsachen liegen aus, die Verkäufer haben ebenso rotgefrorene Nasen und ebensolche warme Kappen auf wie damals, und die Kinder mit den Dreierschäfken, den Sägemännern, Waldteufeln, Hampelmännern und womit sie sonst ihr kleines Handelsgeschäftchen betreiben, haben noch ebensolche dünnen Stimmen wie damals. Und wie balsamisch duften die dunklen Tannenbäume, von denen ganze Wälder umherstehen, dazu die maigrünen Pergamiten, aufgeputzt mit buntem Flitter und besteckt mit Lichtern. Und wie anheimelnd riecht es nach frischen Pfannkuchen und Schmalzgebackenem! Und die vielen Menschen, groß und klein, ergötzen sich, als hätten sie solche Herrlichkeiten nie zuvor gesehen, und bewundern aufs Neue, was sie eigentlich doch schon kennen sollten. Die Spaßvögel kommen noch immer aus demselben Neste, sie sind rot und gelb und grün gemalt, mit einer Feder auf dem Kopf, und wenn an der Strippe gezogen wird, klappen sie ebenso zusammen wie in all den Jahren. Dazu wird immer noch gerufen: »Vorne nickt er, hinten pickt er – nur einen Groschen der schöne Spaßvogel. Kaufen Sie, Madameken, es ist der letzte!« Das klingt so vertraut, wie aus der fernen Jugendzeit. Mein alter lieber Weihnachtsmarkt!

Was von jeher einen unbeschreiblichen Eindruck auf mich machte, das ist das ernste, schweigende Königsschloss, welches wie ein Riese die Zwerggezelte des Marktes überragt. Da summt es von Menschengewirr, da schimmert es rötlich von tausenden Lichtlein um das stille, dunkle Schloss herum, als wenn die kribbelnde, wibbelnde Gegenwart keinen geschützteren Platz finden könnte als bei der unverrückbaren Vergangenheit ...

Wir waren jedoch auf den Markt gezogen, um nützliche Sachen einzukaufen. Die Handelsleute wollen ihre Ware absetzen, deshalb kommen sie von nah und fern, und gerade für den Hausstand wird Brauchbares in großer Auswahl feilgeboten. Wir verteilten uns daher und gingen an das Geschäftliche.

Derweile ich und Emmi eine Reibesatte einhandelten, die ihr so notgedrungen fehlt und die das Erbspüree, an dem der Doktor sich so gern donnerstags mit Eisbein labt, doch bedeutend erleichtert, ging Onkel Fritz an eine Bude und kaufte Honigkuchen mit Inschriften ein, um sie uns zu verehren; aber er hätte es lieber unterlassen sollen, denn auf meinem stand: »Olle, brumme nicht!« – und auf Emmis: »Ewig will ich an dir kleben, Klacks!« Der Doktor steckte den ihm gespendeten errötend in den Paletot.

»Fritz«, sagte ich mit einem Anhauch von Missmut, »ich kann nicht behaupten, dass mir diese Zuckerguss-Poesie behagt.«

»Dann kratze sie ab«, erwiderte er, »und lasse dir einen frischen Vers von Leuenfels daraufdichten. Dem Kuchen schadet das nicht.«

Er ist eben unverbesserlich.

Nun wollten wir noch nach der Breiten Straße und Rudolph Hertzogs Auslage betrachten, einmal weil sie das Glanzvollste ist, was man beaugenscheinen kann, und zweitens, weil mein Karl einzelne Phantasieartikel für dies immense Geschäft lieferte, die er extrafein weben lässt; aber so gut der Gedanke war, das Hinkommen hatte seine Schwierigkeit, denn solche Drängelbergerei wie an der Ecke vom Schlossplatz und der Breiten Straße gibt es nirgends. Aber wir kamen durch, weil der Berliner bei derartigem Festgedränge stets zur rechten Seite geht und nur der Fremdling gegen den Strom will, bis ihm einer zuruft: »Sie da mit's Jesichte, halten Sie sich rechts, sonst werden Ihnen die Plätteisen abjetreten!« Das hilft prompt. Als wir frei aufatmen konnten und uns in unzerdrücktem Zustande wieder vorfanden, mussten wir eine lange Reihe von kleinen Verkäufern passieren.

»Hier wird gekauft«, sagte Onkel Fritz, »ich gebrauche allerlei, und ihr werdet auch gewiss in eurer Nachbarschaft Leute kennen, die wohl Kinder, aber sonst nichts übrig haben. Denkt nur nach.«

Und merkwürdig, jeder von uns konnte sich besinnen. Wie das Geschäft blühte, als wir alle miteinander in die Portemonnaies griffen, das war vergnüglich. Onkel Fritz ramschte gleich ganze Reste, und ein Junge schrie: »Hurra, reeller Ausverkauf – wird meine Mutter aberscht kieken!« Und fort rannte er. Für die paar Nickel solche Freude!

Aber noch ein Junge rannte fort, und die Krausen stand da, mit einem japanischen Tablett in der Hand, sprachlos und entsetzt, wie eine versteinerte Salzstange. Herr Krause rannte ebenfalls davon, hinter dem Ausreißer drein.

»Liebe!«, rief ich. »Was ist Ihnen, was bedeutet das?«

»Unser Tablett«, stöhnte sie. »O Eduard!«

Sie wankte. Onkel Fritz sprang ihr bei und gab ihr seinen Arm, indem er sagte: »Kommen Sie nur zu sich und nehmen Sie die Sache von der heiteren

Seite.« Das tat sie aber nicht, sondern zog das Taschentuch und machte eine hysterische Szene. Mittlerweile erschien Herr Krause wieder. »Er ist entwischt«, rief er zornig.

»Wer?«, fragte ich.

»Eduard«, stieß er hervor, »der Junge! Zigarren hat er mir ausgeführt und verkauft sie hier auf dem Weihnachtsmarkt. Auch das Tablett hat er genommen, Löcher hineingebohrt ... Schnur durchgezogen ... sich umgehängt. Steht hier mitten zwischen den armen Kindern. Wie ich ihn erblicke und glaube, ich fasse ihn schon ... er den Kopf aus der Schlinge gezogen und fort. Die Polizei soll ihn verhaften.«

»Wie kannst du so unmenschlich sein?«, fing nun die Krausen an. »Komm, lass uns nach Hause gehen, er wird sich gewiss ängstigen.«

»Nein«, sagte Herr Krause, »ich bleibe, ich würde zu strenge mit ihm ins Gericht gehen. Morgen früh soll er seinen Lohn haben.«

»Du wirst ihn doch nicht schlagen?«, jammerte die Krausen.

»Ich werde ihm verkünden«, erwiderte Herr Krause weicher, »dass er jeden Tag eine Strafarbeit zu liefern hat und«, fügte er mit wehmutsverquollener Stimme hinzu, »dass er nichts zu Weihnachten bekommt.«

»Aber doch einen Baum?«, schrie sie.

»Keinen Baum«, seufzte Herr Krause.

»Wenn das Wort ’ne Brücke wäre, ich ginge nicht darüber«, flüsterte mein Karl mir zu.

»In drei Tagen ist alles vergessen«, antwortete ich, »er müsste meiner Meinung nach den Bengel so verbimsen, dass nur noch die Knopflöcher von seiner Jacke zu gebrauchen wären, sonst wird aus dem nie etwas Vernünftiges.« Ich bin prinzipiell gegen jegliche Prügelstrafe, weil sie unaufgeklärt und inhuman ist, aber Keile muss sein.

Für die Besichtigung der übrigen Weihnachtsherrlichkeiten, die aus den Fenstern der Läden leuchteten, war kein rechtes Interesse nach diesem Ereignis mehr vorhanden, und so folgten wir denn Onkel Fritz, der uns Revanchierens halber nach Dressel eingeladen hatte, da er in seiner eigenen Wohnung nicht auf Gegenseitigkeitsgesellschaften eingerichtet ist.

Wir hätten sehr amüsant zusammen sein können, wenn Krauses nicht in zu großer Zerknirschung gewesen wären: er mit den Zornfalten vor dem Kopf und sie mit dem ruinierten Tablett und ziemlich verweint. Onkel Fritz hatte mit Dresseln ein opulentes Abendbrot mit verschiedenen Seltenheiten abgekartet, die sich in die einfache bürgerliche Küche nicht hineinverirrten. Er kann es ja, da sein Geschäft flotter geht als zu irgendeiner Zeit und er von Hause aus spendabel veranlagt ist.

Onkel Fritz konnte deshalb nicht umhin, auszurufen: »Himmel, sind wir vergnügt und haben es gar nicht nötig!«

Zum Schluss stießen wir darauf an, im nächsten Jahre wieder eine Weihnachtswanderung zu unternehmen …

Willibald Alexis

Rückblick auf den Weihnachtsmarkt 1835

Noch immer ist der Weihnachtsmarkt der Tummelplatz der gesünderen Berliner Lustbarkeit und wimmelt vom Augenblick an, wo die Lichter angezündet werden, von bewegten, frohen Gesichtern. Es ist nicht allein das Ergötzen der Kinderwelt, sondern auch der ärmeren, diensttuenden Klassen. Eine Herrschaft, welche ihren Domestiken den Gang nach dem Markte abends verweigern wollte, übte eine unerhörte Tyrannei. Die kleine Betriebsamkeit setzt ihre ganze Hoffnung auf diese eine Ernte, und ihre Bitten zum Himmel sind nur auf klares Frostwetter auf die Woche vor dem Christfest gerichtet.

Es mag noch so kalt sein, die Verkäufer und Verkäuferinnen, in Pelze gehüllt, mit Kohlenbecken zu den Füßen, trotzen dem Froste. Hier hat einmal die Poesie im Verkehr den Sieg über die Industrie davongetragen; denn wie klar ließe sich beweisen, dass dieser Markt auf offener Straße bei Nachtzeit und in der ungünstigsten Jahreszeit unnütz ist, dass Verkäufer und Käufer bequemer in den Kaufläden der warmen Häuser ihre nötige Ware holen und absetzen könnten. Aber das Volk will den Weihnachtsmarkt, und er bleibt nach wie vor in hölzernen Buden auf der alten breiten Straße, nur dass von Jahr zu Jahr neue Abzweigungen und neue Budengassen aufwachsen. Mit solcher Pietät hält die Bürgerklasse daran, dass sie ihre Weihnachtsbedürfnisse in den alten flimmernden Buden kaufen, obgleich oft nur ein paar Schritte dahinter in den großen Läden dieselben Sachen zum Fabrikpreise wohlfeiler zu haben sind. Man muss dem Weihnachten seinen Verdienst gönnen, heißt es, und man tadelt die Reicheren, welche ihre größeren Einkäufe mit merkantilischer Berechnung bei den Kaufleuten und Fabrikanten bewerkstelligen. Nur regnerisches Wetter ist der Verderb des Weihnachtsmarktes; dann jammert die halbe Stadt, nicht sowohl um das gestörte Vergnügen, als um die armen Leute, die um ihren Verdienst kommen.

Joseph von Eichendorff

Weihnachten

Markt und Straßen stehn verlassen,
Still erleuchtet jedes Haus,
Sinnend geh ich durch die Gassen,
Alles sieht so festlich aus.

An den Fenstern haben Frauen
Buntes Spielzeug fromm geschmückt,
Tausend Kindlein stehn und schauen,
Sind so wunderstill beglückt.

Und ich wandre aus den Mauern
Bis hinaus ins freie Feld,
Hehres Glänzen, heil'ges Schauern!
Wie so weit und still die Welt!

Sterne hoch die Kreise schlingen,
Aus den Schnees Einsamkeit
Steigt's wie wunderbares Singen –
O du gnadenreiche Zeit!

Nachweis

Willibald Alexis

Rückblick auf den Weihnachtsmarkt 1835 (Auszug). Zuerst erschienen im *Morgenblatt* vom 23. Januar 1836. Aus: *Weihnachten im alten Berlin,* Herausgegeben von Gustav Sichelschmidt, Arani Verlag, Berlin 1984.

Walter Benjamin

Ein Weihnachtsengel. Aus: Walter Benjamin, *Berliner Kindheit um Neunzehnhundert,* Hoffmann und Campe Verlag, Hamburg 2013.

Joseph von Eichendorff

Weihnachten. Aus: Joseph von Eichendorff, *Und es schweifen leise Schauer, Die schönsten Gedichte,* herausgegeben und mit einem Nachwort von Karl-Heinz Ott, Hoffmann und Campe Verlag, Hamburg 2011.

Horst Evers

Die schönsten Weihnachtsmärkte der Welt (Folge 26): Der Christkindlesmarkt in Nürnberg. Aus: Horst Evers: *Wäre ich du, würde ich mich lieben.* Copyright © 2013 by Rowohlt Verlag GmbH, Reinbek bei Hamburg.

Axel Hacke

Als ich Jesus war. Aus: Axel Hacke, *Alle Jahre schon wieder. Ein Weihnachtsbuch.* Copyright © 2009 by Verlag Antje Kunstmann GmbH, München.

Gottfried Keller

Weihnachtsmarkt in Berlin. Aus: Gottfried Keller, *Gedichte in einem Band,* Insel Verlag, Frankfurt am Main 1998.

Sarah Kirsch

Punschverkäuferinnen. Aus: Sarah Kirsch, *Sämtliche Gedichte.* Copyright © 2005 by Deutsche Verlags-Anstalt, München, in der Verlagsgruppe Random House GmbH.

Siegfried Kracauer

Weihnachtlicher Budenzauber. Aus: Siegfried Kracauer, *Straßen in Berlin und anderswo.* Copyright © 2009 by Suhrkamp Verlag, Frankfurt am Main. Alle Rechte bei und vorbehalten durch Suhrkamp Verlag, Berlin.

Wilhelm Raabe

Ein Weihnachtsabend in der Sperlingsgasse. Auszug aus: Wilhelm Raabe, *Die Chronik der Sperlingsgasse,* Insel Verlag, Frankfurt am Main 1979.

Ferdinand von Saar

Auf dem Weihnachtsmarkt (Titel vom Herausgeber). Aus: Ferdinand von Saar: *Wiener Elegien.* Verlag von Georg Weiß, Heidelberg 1893.

Asta Scheib

Advent am Marienplatz. Aus: Asta Scheib, *Streusand. Erzählungen.* Copyright © 2011 by Hoffmann und Campe Verlag, Hamburg.

Julius Stinde

Der Weihnachtsmarkt. Aus: Julius Stinde, *Der Familie Buchholz zweiter Teil. Aus dem Leben der Hauptstadt.* Verlag von Freund & Jeckel, Berlin 1885.

Ludwig Tieck

Weihnachts-Abend. Auszug aus: Ludwig Tieck, *Weihnachts-Abend,* Gesammelte Novellen, Berlin, 1853.

David Wagner

Weihnachtlicher Budenzauber. Aus: David Wagner, *Welche Farbe hat Berlin.* Copyright © 2011 by Verbrecher Verlag, Berlin.

Jan Weiler

Ein Fest ohne Baum- und Bratenspitze. Aus: Jan Weiler, *Berichte aus dem Christstollen.* Copyright © 2013 by Rowohlt Verlag GmbH, Reinbek bei Hamburg.

Ein Gedicht. Aus: Jan Weiler, *Berichte aus dem Christstollen.* Copyright © 2013 by Rowohlt Verlag GmbH, Reinbek bei Hamburg.

Heiliger Bimbam

Die schönsten Weihnachtskatastrophen

Ausgewählt von Aleksia Sidney
320 Seiten, Taschenbuch-Originalausgabe
ISBN 978-3-455-37802-3
Atlantik Verlag

Weihnachten ist eine gnadenreiche Zeit, heißt es. Ach ja? Der Weihnachtsbaum ist immer zu lang (und wo ist eigentlich der Christbaumständer? Und hat der Nachbar eigentlich eine Säge?), Geschenke müssen gekauft werden, die viel zu teuer sind und sowieso nie gefallen (und warum ist die Schlange vor dem Einpackservice länger als jeder Stau auf der A 7 ?), die Gans liegt halb roh auf dem Festtisch oder ist verkohlt …

An Weihnachten läuft gern alles schief, eben weil alles glattlaufen soll. Und in diesem Buch kommt es noch viel, viel schlimmer. Von den besten Weihnachtskatastrophen erzählen beliebte Autoren wie Siegfried Lenz, David Sedaris, T. C. Boyle, Axel Hacke und viele mehr. Gesegnete Schadenfreude!

»Man altert nicht während des Jahres,
sondern während der Weihnachtstage.«
Greta Garbo